记忆的角落

Izumi
Kyouka

歌行灯

Utāndon

〔日〕泉镜花 著

李讴琳 译

人民文学出版社
PEOPLE'S LITERATURE PUBLISHING HOUSE

Izumi Kyouka
Utāndon

图书在版编目(CIP)数据
歌行灯 / (日)泉镜花著;李讴琳译.-- 北京 ：
人民文学出版社，2024.（2026.1 重印）--（记忆的角落）.-- ISBN
978-7-02-018706-5
Ⅰ. I313.44
中国国家版本馆 CIP 数据核字第 20243NV160 号

责任编辑 **朱卫净 周 展**
装帧设计 **李苗苗**

出版发行 **人民文学出版社**
社 址 **北京市朝内大街 166 号**
邮政编码 **100705**

印 制 **山东新华印务有限公司**
经 销 **全国新华书店等**

字 数 **58 千字**
开 本 **787 毫米×1092 毫米 1/32**
印 张 **3.625**
版 次 **2024 年 7 月北京第 1 版**
印 次 **2026 年 1 月第 2 次印刷**

书 号 **978-7-02-018706-5**
定 价 **35.00 元**

如有印装质量问题，请与本社图书销售中心调换。电话:010－65233595

记忆的角落，也会有光

一

“神宫柱头粗又壮，就像宫重萝卜[1]大。热田大神虽不是水煮萝卜块，也一样热热乎乎地保佑大家伙儿，让这七里海面风平浪又静，来往渡船平安到桑名。不亦乐乎……”

那是十一月十几日的晚上八时，有人正自言自语地低声哼唱着《东海道徒步旅行记》第五编的开篇段落。皎洁的明月挂在清澈的天空中，月光如水，仿佛星星也刚沐浴完毕。刚从桑名车站下车的两位旅人，正借着闪烁的灯火，注视着眼前远远近近叶片尽落、只剩光溜溜枝干的树木，在道口天桥上投下颀长的身影。

一位旅人身着与月光相称的纯黑外套，衣服在他瘦削的身体上显得肥大宽松。头上那顶深茶色的礼帽，虽然崭新，可是因为他还没戴习惯，帽顶鼓鼓的，帽檐也深深地盖住了耳朵。为了防止帽子被

---

① 原产于日本爱知县清须市春日宫重町的青头萝卜，粗大鲜美。——本文注释均为译者注。

风刮走的带子，也无力地耷拉在皱纹密布的脸颊上，仿佛他是因为如今戴斗笠旅行已经过时，无奈之下才戴上礼帽似的。这便是年纪六十二三岁、自认为还年轻的弥次郎兵卫[①]。

他的行李看起来并不沉，一只手拎着蔓草图案的天鹅绒包，上面挂着一个布口袋，另一只手拄着一把洋伞。

“且不说‘不亦乐乎，交杯换盏，品尝特产烤文蛤……’，原文里是不是这样写的。我们去车站前面找家茶馆之类的，喝一杯再去旅馆如何？我本来想说‘喜多八，如何？’，可是你比我年长，这样说不合适。不过嘛，书上说宗家弥次郎兵卫在伊势途中，和同伴喜多八走散了，一个人走得筋疲力尽，四处寻找从架子上垂下来[②]的旅馆，结果没找到，差点儿哭鼻子。对了，你就相当于旅途中在松林里遇到同伴。你和我这个同伴喝一杯

① 《东海道徒步旅行记》中的主人公。

② 《东海道徒步旅行记》中，弥次郎忘记了投宿的旅馆名叫“藤屋”，他由“藤架”联想到“从架子上垂下来”，以此来寻找旅馆。

如何，捻平先生？”

“你又来了！”

同行的老人表情苦涩地回答。他应该比弥次郎年长四五岁，年近七旬。头上一顶没有帽檐的海獭皮旧帽子压得低低的，遮住了白眉毛。他身穿银灰色的呢绒和服外套，下身是宽松的细筒裤，脚上是白色布袜和竹皮草屐。他用绳子在褪了色的黄色包袱中间打了个结，斜挎过肩膀系在胸口，同样拎着一个布口袋。他虽然一只手拄着拐杖，却身板硬朗，是个人品不错的老爷子。

“你别再叫我捻平了，传出去多不好意思。你叫我旅伴也可以，但说我是‘旅途中在松林里遇到的’，听上去我就像个盗贼一样。”他把拐杖在地上“咚”地一戳，快步走到前面，出了检票口。

弥次郎故意拉开一步远的距离，目不转睛地盯着急于挑刺的老爷子的背影。“我说，你这一点就像捻平嘛。松林里遇到的，也不一定就是盗贼。不过你年轻时或许干过这种事也未可知。哈哈哈。”

就在他旁若无人大笑之时，车站工作人员从他手里一把夺过车票。他吃了一惊，看着工作人员死板的表情。此人有点儿让人摸不着头脑地严肃。

也难怪，这位大叔最后一个走出检票口，不知道一路上在闲逛什么。火车早已开远，梦幻的月光下，吐出的烟像特产烤文蛤的白烟一样，在苍茫原野的轨道上向前行驶……

“很快启程沿路走，听见旅人唱歌声……”

大叔出了站，又若无其事地小声哼唱道。

“捻平先生，这可是好句子啊！‘送你煮文蛤，当作伴手礼，热田的盛饭女[1]……’不错不错，真棒真棒。”

“老爷，我送您怎么样？”

车站前黑漆漆的角落里，隐约有四五辆人力车寂寥地停放着。一个车夫双臂互抱，慢吞吞地走了出来。

一听这话，弥次郎撇撇嘴微微一笑：

“难得难得，你来得正是时候啊！不过，同样

---

① 热田花街柳巷陪伴客人吃饭过夜的女性。

一件事，你为什么不说‘老爷们坐返程马吗’？”

“啊？”车夫不明缘由，面无表情地说道，呆呆地站在原地。

二

大叔喝醉酒似的摆动着外套的衣袖，说道：

“你说呀！来吧，说声‘您坐返程马吗’，求求你下点儿功夫！”

“啊？是说‘您坐返程马吗’，对吧？您坐返程马吗？”

车夫老老实实地快速说道。

弥次郎随之哈哈大笑，说道：“若说‘去法性寺出家之前的关白太政大臣’会招人厌，应说‘去法性寺出家之前的关白太政大臣大人’①。”

“来，请您上车。”

车夫知道生意应该已经敲定，于是不再过问细节，拉起车把朝他走过来。

大叔故意定睛细看：

“哎哟，这是人力车！很好很好。”

① 这里指藤原忠通，是《小仓百人一首》中最长的名字，因而常被用作绕口令。弥次郎用这句话来捉弄严肃认真快速说话的车夫。

“好什么好？”

那位两鬓斑白、如竹丛之枯菊般的老人，倚靠手杖，独自呆立一旁，仿佛被当空皓月勾起了旅愁，低声埋怨道：

“你赶快雇车！我们还带着行李，在这个人生地不熟的镇上瞎逛什么呢？”

“不行，首先要说一句‘很好很好’，否则和原文对不上。这时喜多八听了说：‘六十四文可以坐吗？’马夫说：‘那不行。’马便咴儿咴儿地嘶鸣起来。”

“年轻人，你别搭理他，赶快拉车出发。我们去河口的旅馆凑屋。”

“好，要两台车吧？”

“随便，我着急赶路……”他说着转过身抓住车把，踮起他的竹皮草屐上了车，包放在脚踏上，双腿跨在上面，挂在脖子上的包袱却没有摘下来，任由它晃来晃去。

“同生共死，捻平等我！”大叔嘻嘻笑起来，也上了车……

“去凑屋！”

“走！”

两辆人力车迎着月光与灯笼的黄色光芒向广场跑去……凹凸不平的石子路在脚下嘎哒作响。木板墙间的小道，土墙围起的十字路口，看来他们是在抄近道。从僻静之处转过几道弯，不久便来到了一条犹如丝线的狭窄小道。道路两侧是成排的两层房屋，屋檐挡住了月光，投下暗影。两侧屋檐下，稀疏地挂着写有店名的灯笼，明晃晃的。星光透过枯萎的柳枝洒在墙壁上，四处留下散乱的暗青色光影。长路的尽头，火警瞭望台的梯子刺破了从远山流淌而来的雾霭，让警钟一览无余……“小心火烛！”——更夫敲击铁棍的声音烘托着夜的景象。时值寒冬淡季，当他们来到冷清的花街时，虽有月光洒在格子门上，桑名的艺伎却早已入眠。

车轮下，道路宛如水银之河向后方流去，黑色柱头的房屋，犹如祭祖的水獭正行走于铁桥之上，桥两侧写着俏皮话的白灯笼连成一排①。

载着老爷子跑在前面的车忽然停了下来。

你听……寂静的花街某处歌声绕梁，让车轮的

---

① 水獭有将捕来的鱼排列摆放的习性，作者将其比作祭祖，又把挂着灯笼的一排排房屋比作立着一排灯笼的铁桥。

声音都不由得归于沉寂，仿若玄界滩的海潮席卷而来，汇入河流，一泻千里，又如银丝牵动筑前海滩的月光，让星光都为之闪耀。

腰系博多带，身穿筑前绞[1]，
柳腰移莲步，不似乡间人。

有人在唱博多节[2]……就在眼前的屋檐下……一个用白色手巾遮住脸庞的瘦削男子，正侧身低头伫立在屋檐下用红字写着“乌冬面”的招牌前，犹如剪影。

车上的捻平顾不得脖子上还挂着包袱，忽然扭过头向后说了句话……同时，弥次郎兵卫的车也因为歌声嘎吱一声停了下来，但他似乎没有明白捻平那句话的意思。捻平的车又继续向前跑起来……后面的车也跟了上来。两辆车立刻又像刚才那样，在流动的月光下，一前一后紧挨着跑起来。

---

① 指博多的腰带和筑前绞的花布。
② 日本福冈县博多的民歌。

三

月亮升起来，松树影绰绰。

哎呀，嘿哟哟。

这歌声宛如骤然抛出的琴拨子，划破寒冷的夜空，消失在海上明月的摇曳倒影之中……在乌冬面店门口弹奏博多节的男人，微微抬起弦轴，松开拨动三弦琴的手，把琴拨子颠倒过来，用它的把儿一拨，光照之下微微发红的木拉门便哗啦一下打开了。

“打扰了哟。”

老板坐在柜台一头，双腿跨在三合土的地面上，依旧沉浸在刚才的歌声中。他身穿深蓝色筒袖和服，系一条藏蓝色棉布围裙，下身穿条绿色窄腿裤，和服衣襟塞在腰间。当那双目光清澈的眼睛从遮脸的头巾中露出来，从热锅里升腾的水汽之后一清二楚地出现在他面前时，他不由得吃了一惊，下意识地站起身来，说：

“我可不出钱。”

哈哈，真狡猾……看来他早已想好，既然卖唱的在自家门口唱歌，那就捡个便宜白听听，到了给钱的当口，来句“我可不出钱”就得了。没想到头巾裹脸的家伙竟然闯进门来，令他狼狈不堪。幸亏店里没有别的客人。

卖唱的若无其事地背过手关上门，侧身背着三弦琴，径直走进屋里，笑着说：

“哦，老板不‘出’没关系，我进来就是……我说老板娘，你看我说得在理吧？”

老板娘同样沉浸在刚才的博多节里，呆呆地伫立在热锅上的水汽后……这位二十多岁的女子脑后垂着椭圆形的发髻，肤色白皙，牙齿染黑[①]，用一条浅蓝色的带子将衣袖束起，露在外面的白净胳膊正轻轻搭在厚锅盖上。听见卖唱的这样说，她的脸刹那间红了，穿着木屐咔嗒咔嗒地从灶台前穿过，歪着身子，越过老板的膝盖，把手伸进柜台的钱箱里。

① 染黑牙齿是日本女性特有的妆容，江户时期之后染黑牙齿可以表明该女性已婚。

“啊，不用担心，”卖唱的温柔地说道，“我就开个小玩笑，没打算敲竹杠。我是顾客，是顾客哟。”

狭长的三合土地面一边，纵向铺着略脏的六张方格图案的榻榻米。走上去便能坐下，卖唱的却慢悠悠多走了几步，来到靠近灶台的凳子上坐下，说道：

“真是冷得受不了啊，所以我想喝一杯。我说老板，我绝对不想给你们添麻烦哟。”

他说着便取下头巾，露出一张素净的脸来。略显憔悴的细长脸，端正的五官，清澈的眼眸，浓黑的眉毛，这哪是会给人找麻烦的人啊，就是个面善的二十八九岁的小伙儿。

“呵呵，哎呀，欢迎欢迎。”

老板走到前面来，搓着手。

“不过，这几日天气不错，还算好啊。”

他抬起头望着被煤烟熏得发黑、空空如也的天花板，又把视线移向柜台的神龛上。

“师傅。”

老板娘在围裙上蹭蹭手，莞尔一笑。

“给您来壶酒如何？”

卖唱的把琴拨子放在手巾上，动作灵巧地将三弦琴放在身后，敏捷地盘起一条腿，光着脚盘坐在凳子上。

他拢拢衣服下摆，说道：

“快给我上一壶好酒。”

“好，这就给您来一壶上等的好酒。”老板娘横穿过三合土地面，用火筷子在左侧榻榻米上的火盆里使劲搅动，等火旺起来后，把它径直搬到卖唱人坐的凳子旁。

“来，您烤烤火。”

“谢谢！”

卖唱的把火盆豪爽地拉到两腿间，长舒了一口气。

“一想到这世上还有如此温暖的炭火，我就想念起家乡来，更是感到冷得受不了。老板娘，请帮我把酒烫得热乎乎的。我这人有个坏毛病，来上一杯就酩酊大醉。真是不好意思！对吧，老板？”

“呵呵，老婆，给上个滚烫的。”

老板娘露出染过的漂亮门牙，说道：

“好的，好的。”

四

“对了，借着青白的月光，我刚才看见有两辆载着旅客的人力车从门口经过，在这条街上……”

卖唱的用喝空的酒盅指着大门。

“跑了两三百米，在左边一家屋顶挺大的房子门口停了下来……那是什么地方啊？是客栈吗？”

“那是凑屋，对吧？”站在锅前的老板娘转身问老板。

“是凑屋，是凑屋，是凑屋。在这个地方，也就它一家。房子很老，但名气很大。以前是家大青楼，现在虽然变成了客栈，所有的房间还保留着过去的模样。内宅正厅的栏杆外面，就是揖斐河宽阔的入海口。扬着白帆的船只来来往往。鲈鱼飞，鲻鱼跃。那房子别有一番风情。不过，据说有时候水獭会从山崖后面的石堆里爬上来搞恶作剧，灭掉走廊和厕所里点的灯。但它不是什么可怕的妖怪哟。在这样月朗星稀的良宵，还会在院子里跳舞，就像敲钵念经似的……听说啊，下过一阵秋雨的晚上，给上一枚铜钱，它就能帮忙跑腿买豆腐。这也是客人觉得有意思的一点。那可是一家口碑很好的客栈……您对这里的情况一点都不了解吧？”

“对，我昨天才流落至此，完全摸不着方向，像只没头苍蝇。”

他低头喝上一口酒。

“趁着面没坨，我先暖暖身子。呀，上当了！嗬！”

他叫道，揉着眼睛背过脸去。

“辣！辣！……这辣椒好辣！这事在老板面前讲真是不好意思。我前一阵子在松坂也上过同样的当。我贪心呀，小看了京都一带产的辣椒，觉得能辣到哪儿去呢。顶多就是酸浆果的皮儿，反正调料不要钱，一股脑儿撒在盖饭上，结果辣得我直跳……又上一次当，真难看啊，眼泪口水流一块儿去了。”他一边说一边用手背擦拭。

老板娘准备好一壶新酒，用手掌试试温度，问道：

“师傅，您是关东人？”

“是啊，我出生在关东，但是一文不名。”他说着，晃晃壶底，给酒盅斟上酒。

“那您是要去凑屋住吗？”

老板满脸堆笑地问。其实他暗地里在想：“就算你想去，也一定会吃个闭门羹。”

“您可真会开玩笑。我肯定是住便宜的客栈了。凉席、斗笠和草鞋看家。墙洞里的老鼠也翘首企盼着我。我会在桑名住上四五天吧……当家的若是觉得我看上去住得起凑屋这种上等旅馆，我倒想求您留宿一夜呢。怎么样，老板娘？”

“您要是看得起就住下呗。”

老板娘步态轻盈地送来了酒壶。老板听了这话吃惊地皱皱眉头：“瞎说。”

他背对着柜台坐下，整个身体把柜台挡得严严实实。在此之前，他把手缩在收紧的深蓝色袖口里，像个稻草人似的伫在那里。

“哈哈哈，这还用说。乌冬面馆留宿的，要么是躲雨的酱油，要么就是木鱼花的行者喽。”

卖唱的自顾自地高声笑起来。

“师傅，我给您斟一杯。”老板娘在方格图案榻榻米的一端跪坐，微微躬身，隔着三合土地，面对卖唱的举起了酒壶。

“这哪敢当，您这么忙。”

“没事，我们家的生意主要是给艺伎馆送外卖。就像您看到的一样，现在挺清闲。师傅，您的嗓音真是太美妙了。对吧，老公？”她瞟了一眼老板。

“是啊。”

老板扑哧扑哧抽着烟，表示赞同。

“就说您刚才唱的博多节……真是沁人心脾，直听得我浑身发颤呢。”

五

“您这一夸我，都冷场了。醉意也消了，烦恼忧愁无处排遣啊。我就是个沿街卖唱的罢了。”

小伙子不好意思地挽起双臂。

“我这可不是奉承话，是发自内心的感受。嗯，那个，你瞧，就是那种时而颤栗、恍惚、揪心，时而又放松、舒缓的感觉。哎，怎么说才好呢？如果海里有柳树，我都想投海自尽，沉没于月亮的倒影之中……这种心情，真是无法形容。”

她弯腰躬身夸赞道。

“老婆，老婆。”

老板平白无故地生起气来，烦躁地喊道。

“怎么了？”老板娘回头问……老板不知何时来到神龛下，正歪着身子翻看账本，哗啦哗啦拨着算盘珠子，瞪眼道：

“升屋这个月还没结账吗？”

“你现在问这个做什么？还没到三十号呢……师傅。”

“你还有工夫叫师傅？升屋还欠着账呢。”

“老公，你要是突然那么着急，就去店里要呗。”

听她如此反驳，老板哑口无言认了输，嘴里念叨道：

“二除以二等于一，二除以二等于一，十除以五等于二，五一三六七八九。”乌冬面馆的账本，简单的加减就能算清楚，他却非要用除法，如同给酱油里加水似的白费功夫。

在锅里水汽散去的地方，传来了按摩师吹奏笛子的声音，寒冽得似乎星星都要冻住了。在这月上中天的冬季小镇，笛声宛如冬季寒风刮进了屋。

卖唱的小伙子不由得环抱住自己瘦削的肩膀道：

“哎呀，冷得就像被霜打了似的。”话虽这样说，可他的声音犹如在诵读故事，洪亮清澈，而且很有穿透力。

“是有按摩师经过吧……老板娘。”

“是啊，吹着笛子呢。”

“真他妈的太奇怪了，这笛声寒冷刺骨，让人受不了啊。”

卖唱的膝盖微分坐正，把喝剩下的冷茶倒进碗里，又哗地全倒在三合土上，说道：

“麻烦您把酒倒在碗里吧，这样您也省点儿事。”

“我没什么事。”

“唉，谢谢您的好意。这吱吱的笛声，听上去就像把尚未燃尽的软炭放在壶底，酩酊大醉之后立刻酒醒，又如冰块剜过喉咙，我的身体仿佛要裂开似的……请给我来一碗。”

他一抬手，咕嘟一气儿喝了个精光。

“哟，爽快！”

老板娘吃惊地瞪大眼睛。

“哎，不过啊，喝酒是不能逞强的，一定有很多人担心你。”

“老婆，蔬菜店的钱你给了吗？”

老板眨巴着眼睛伸伸下巴，老婆故意逗他，头也不回地说：

“他们来要，我再给。”

“嗯……是三百零三钱吧？”

他说着，心不在焉地拨着算盘珠子。

“老板娘。”

卖唱的嗓音低沉地唤道。

“什么事？”

“再给我来一碗。另外还要再预备一碗，明白了吗？”

“好嘞，明白了。您可真是海量！”

“我别的不成，喝酒还是能拿得出手的。”

他快活地说到这里，忽然抬起头紧张地睁大眼睛：

“哎哟，又来了。按摩师的笛声像是从北边十字路口传来的……还没到夜深人静呢，就能越过屋顶传上一百多米了。这……像是在田埂上吹的。”

他慌慌张张立起一条腿，漫无目的地四处张望，问道：

“声音一样，但是音色不同……老板娘，你知道每一种音色的按摩师都长什么样吗？”

这时，一位白眼珠子的盲人按摩师，正在月光下探出他面色苍白的脑袋，仰望着高高的屋顶……目光犀利。

“哎，我说，这又不是分辨雄鹿雌鹿，听笛声哪能知道按摩师长什么样呀。”

“您说得在理。”

卖唱的露出寂寥的笑容，严肃地注视着碗中起伏的酒，俯首自言自语。

“月影杯中映，按摩师，我们一起喝一杯吧！”

不知道这是不是博多节的歌词，阴沉而落寞。皎洁的月光犹如冰霜洒下，让店面的纸拉门也变得清透。按摩师的笛声在十字路口、街上回荡，激起阵阵涟漪。

六

“哎呀，是按摩师呀。您冷不丁进来，吓我们一跳……不需要啊，不需要。”

说话的是弥次郎兵卫。他们所在的凑屋内宅正厅，是一个地面高出一截、略微显旧的十榻榻米[①]大的房间，另连接着一个六榻榻米大的房间。拉门背后就是走廊，扶手上一排玻璃窗，窗外烟波浩渺，犹如云彩飘浮在晴朗的天空。长洲尽头的水面上，一颗星星正在闪耀。在揖斐河宽阔的入海口，散发着海潮气息的茫茫白雾犹如草帘遮住了月光。岸边停泊的船只，晾着蓑衣，高高的桅杆就在墙根旁。

就在这个房间里，把烛台放在一旁，手拢着圆火盆取暖的弥次郎惊讶地说：

“一个二十岁上下的女佣端上一杯茶，说道，哎呀，您来得早啊，累了吧？方才退下。就在我打

① 面积单位，又称“叠”，1 榻榻米约合 1.6 平方米。

算接下来喝酒吃菜的时候，慢吞吞地来了一个人。这副模样，怎么回事呀？

“我刚送走那位二十岁的，心想，进来的会是个更年轻的吧，打算仔仔细细瞧瞧她梳着刘海的正脸，结果却从拉门背后斜刺里露出来一张古怪的面孔，就像寒霜打蔫的冬瓜，还用草鞋拍过几下似的。

“‘我是按摩师’——偏偏她的后衣领拉得太低，露出一大截脖颈，不成体统。她弯腰歪坐着，在蜡烛风挡的对面探出半截身子来，那模样活像把头一回出来帮佣的白衣女妖领到大妖怪宅子去的中介。

“我说不需要按摩师，她就一声不吭地退回走廊，一下子消失在黑暗中……‘怨恨的仇敌，逃散！’”

他苦笑道……跟他结伴的老爷子，头顶就像法然和尚一样凹陷，正在壁龛前抱着圆火盆取暖。他对这位老爷子说：

“捻平啊，我们俩都不想变老。来这地方的明明应该是弹三弦琴的艺伎，谁料到吃饭前却来了个按摩师……这是瞧不起我们啊。”

“你这老头子，一大把年纪了说话还不像样。刚才到旅馆的时候，你老盯着在玄关热情迎接客人的老婆婆看。她梳着寡妇的发髻，恐怕已经退居二线。你还念叨《东海道徒步旅行记》里的选段：‘哎呀，真难得啊，佛龛里有个美女呢。我也想悄悄钻到你房间里，从竹苇天花板上掉下来呀。’就是因为你这样鬼迷心窍，所以才会发生这种事。这房子很古老，格局气势恢宏啊。”

捻平仰望着壁龛的原木柱子。

“这是千年的桑树吧。这河水有多深也不知道。灯光昏暗，水獭出没。你还是长长记性收敛些。”

“您说得对，必须长点儿记性。”

弥次郎鼓起腮帮子微笑着。他把两手揣进怀里，昂首挺胸，读起隔扇门上方的匾额来。上面题字“临风榜可小楼”[1]。

“写得恰如其分啊。”

“你瞧，壁龛里的小白菊，扎成一束插着，漂

[1] “榜”为船舵，“可”为好，即“凉风习习，适宜泛舟”。

亮。”捻平赞道。

“哎呀，你这话是老年人才说的。”

“哟，哟，你刚刚才说要长点儿记性，一开口又这么不中听。哎呀，快看，有个东西，茶色爪子，从你袖口里头蠕动着滑出来了。是揖斐河的水獭吗？”

“真的？”

弥次郎一瞧，叫声“糟了”，连忙把那东西抽回去。

“那是什么？”

“哈哈，鄙人生来粗心大意，时常丢失物品。我家老太婆想出个办法，你瞧，用一根带子把左右两个手套穿在一起，从袖子里塞到胸口，两手一拉，套进去就戴上了。多厉害！捻平，一想到老太婆对我无微不至的照顾，我就觉得不能把钱浪费在叫艺伎这事上。啊，南无阿弥陀佛。”

“你这个老狐狸。”

捻平弓着背侧过身去。

“哎呀，二十岁上下的那个来了。得藏起来，得藏起来。”

弥次郎说着，把手套塞了回去。

这时女佣跪在地上，手撑地说道：

“您二位要做准备了吗？”

“不，我好不容易才脱掉草鞋安定下来，要在你们这儿住下，所以不做准备[①]。”弥次郎一本正经地说。

这个二十岁上下、肤色微黑的漂亮女佣感到莫名其妙，说道：

“啊？您要用膳吗？”

“先喝点儿酒。”

“您要吃什么下酒菜呢？”

“阿姐，这当然要按说好的来，吃特产烤文蛤。”

---

① 女佣是问要不要准备晚饭，弥次郎故意当成她问的是要不要做离店准备，因而回答不做准备。

七

“是啊，这烤文蛤呀，如今在镇子边上的苇棚摊上才有卖。不用松果的话，是烤不出那种好味道的。所以，我们店的文蛤是蒸的，加了甜料酒，蒸得鲜香无比。”

“呵呵，就像在路边摊吃大罐子烤海螺……遥望对面的松树林，松果一闪一闪，徐徐燃烧。在这样月光皎洁的美好夜晚，烤文蛤的烟袅袅升起，仿佛龙宫里的龙女在烤豆腐魔芋串，还戴着漂亮的头巾嬉戏，别有一番情趣。可是也不能为了这个特地悄悄跑出去吧……就吃这里的甜料酒蒸文蛤吧。”

老爷子颔首表示赞同。

“那您二位是用文蛤做下酒菜？”

“你说什么？”弥次郎故意装作侧耳倾听。

“我是说，您晚膳用文蛤？”

“不，我用筷子，哈哈哈哈哈。”

他自顾自笑起来，从怀里掏出一本《东海道徒步旅行》第五卷，在额头上一敲，说道：“谢谢了。”

女佣不由得扑哧一声笑起来：

“哎呀，您就是弥次郎兵卫吗？”

“正是……此次参拜伊势神宫，凑巧投宿五二馆。前往内宫途中，经过古市客栈藤屋门前时，想起上次深受关照，我就摘下帽子，对着昏暗幽深的店门口那个闪闪发亮的黄铜狮子火盆简单鞠了个躬。可是，因为街道狭窄，所以对面茶铺的少奶奶一眼瞅见了我的秃顶。我真是难过极了。”

说着，他对着灯光露出油亮的光头来。

“呵呵，呵呵。”

“哈哈哈。”

捻平也不禁笑了起来。

隔壁恰好也有宴席，在座宾客加上艺伎约有十四五人。捻平的笑声似乎带动了宴席的气氛，只听得忽然间人声鼎沸，犹如风穿过山洞。隔壁大厅和这边隔着一片三合土，由九曲桥似的几块木板连在一起。刚才两人到的时候，宴会正鼓乐齐鸣，三弦琴和太鼓咚咚锵锵，热闹非凡。但按摩师出现后，一时间仿佛人们都销声匿迹，犹如大河退潮，消失在茫茫远方。只听见嗓音尖细的年轻艺伎在喊，如同猿猴在旷野中奔跑着鸣叫。还有很多含混不清的交谈声，沉重而密集地交错覆盖着。

女佣等隔壁笑声减弱，迅速起身。

“唉，这边有些寂寞冷清呢。”

“没关系，这样安安稳稳的，不是挺好吗？”

捻平在火盆边蜷着身子，瞅瞅弥次郎扔在一旁的《东海道徒步旅行记》。

“不过啊，我想到一个好点子。我总是睡不着，今晚在枕头边放一盏灯笼，读读这本书吧。”

“可别！这书啊，越看越激动，更让你清醒得睡不着。”

“你瞎说些什么。《东海道徒步旅行记》还能把人读哭了？要我说，你这一点才更像捻平。”

捻平正说着，刚才那个二十左右的女佣领着个小姑娘端来了食案和酒壶。

“文蛤很快就蒸好。”

“很好很好。”

“最要紧的是喝酒。”

捻平迫不及待地拿起酒杯。

“对了，给你也来一杯吧。酒温得正好，趁热喝，”弥次郎喝掉一杯之后，用爱喝酒的人常见的颤巍巍手势，把酒杯挨着《东海道徒步旅行记》放在食案外的榻榻米上，然后郑重其事地说：“阿姐，请你斟上一杯酒。”

正给捻平斟满第二杯的二十岁上下的女佣，立刻心领神会，转头对愣在一旁的小姑娘说：

“喜野，斟酒……这位老爷是弥次郎兵卫先生，他让你给喜多八先生倒酒呢。”

八

老爷子不知为何声音低沉起来：

“啊，说得真好。谢谢你叫我弥次郎兵卫。这房间待着惬意，还有美酒。要是喜多八也跟我在一起，就和《东海道徒步旅行记》一模一样了。太平盛世，举杯共饮。可是你瞧烛光闪烁，照在刚斟好的美酒上，倒像是给饿死鬼供奉的祭品。不知那个蠢家伙眼下如何……”他把手撑在膝盖上，凝视着榻榻米上的酒杯，愁眉苦脸。

捻平这时忽然偏过头去，双臂挽在胸前。

“老爷，您为什么没带喜多八先生来呢？”

女佣殷勤笑问。弥次郎寂寥地笑道：

“哦，不就是像书上写的那一段嘛，两人在伊势的山田走散了。老爷子一把年纪，可还是凡心太重，爱喝酒也爱胡闹，人活在世上和身在旅途一样啊。暖和也好，寒冷也罢，这年轻的旅伴都如拐杖。一走散啊，六十岁的老头子迷了路，在繁华的小镇上独自一人，脚步蹒跚地四处打听：‘你好，你好，请问附近有没有一家从架子上垂下来的客栈?’最后筋疲力尽，嘴里念叨着‘我实在是不行了’，一屁股坐在一家不认识的店铺前讨要一口茶水喝……读到这里……捻平，我可不是开玩笑，真是打心底里想掉眼泪。”

烛光在他的眼皮上一闪一闪。

“阿姐，剪一下烛芯。”

女佣朝对面去时，捻平眨眨眼睛，扭过脸抬头瞧着三合土那边的屋子。

“了不得，连金属洗脸盆都端出来了，人都闹腾得头朝地脚朝天了，碗碟也在榻榻米上跳舞。哟，哟，三弦琴和太鼓较着劲儿，激烈争锋呢。”

“这么吵打扰您了吧，真对不住。正赶上今年十一月的新兵入伍，到处都在举行送别会，每家店都热闹非凡。不过，到了就寝时间估摸着也就安静了。请您多包涵。”

“哪里哪里，不碍事，不碍事。”

老爷子对两个女佣摆摆手。

“反倒是热闹些好啊。如果安静下来，按摩师又跑来，我可受不了。”

“啊，按摩师?”毫不知情的女佣疑惑地反问道。

捻平咳嗽一声岔开话题。

“来，喝一杯吧。我们也叫些斟酒的阿姐来，如何?……我们听听本地的歌谣吧。嗯，那叫什么来着?……桑名的老爷用傍晚的阵雨做茶泡饭……来个开心痛快的。反正出门在外不怕丢人。你就唱那个发牢骚的《劝进账》[①]吧。没有头发，想染也办不到啊[②]。我把手巾叠好放在这秃顶上吧。”捻平挺直了腰板，高高地端坐。弥次郎一听，瞪大眼睛道：

“哟，平氏一族之后的反叛者[③]！”

他又精神抖擞起来。

“阿姐，你找几个人过来随便唱支民谣吧。”

他挺起胸膛，威风凛凛地说。

女佣收回手中的酒壶，立直了放在膝盖上，说道：

“刚才那边的酒席也要求再去一两个人。喜野，

---

① 日本传统戏剧歌舞伎的著名剧目。

② 来源于《平家物语》中斋藤实盛把白发染黑再上阵的情节。

③ 这里指《劝进账》里出现的人物源义经，他的哥哥源赖朝怀疑他要反叛。

还有艺伎吗？”

短粗脖子的小姑娘点头回道：

“说是一个都没有了。”

“唉，老爷，真是对不起啊。我们这里地方小，艺伎馆也少，一到了宴会多的时候，出色点儿的一眨眼工夫就都被叫走了。您是东京来的客人，差劲的我们也不好意思带过来。须是姿色好，或是技艺超群的才行啊……”

“那可不成。要是听不上三弦的声儿，我宁肯不交房钱，半夜逃跑。只要不是独眼龙、豁嘴巴，哪怕你从旧工具店里叫个老婆婆来都行。”

“您等等。对了，岛屋的那个新艺伎一定在。我们问问看。喜野，赶快跑到走廊里打个电话。”

九

“拿来看看。哎，原来是个风车啊！”

在乌冬面馆喝酒、唱博多节的小哥忽然大声说。寒夜喝温酒，月光之下酒劲儿很快就消了。他依然面色白皙，但是一口气喝下两三碗酒，眼眶还是明显泛起了醉意。

“一个劲儿嘀嘀地吹，还有拨浪鼓配竹笙，我是个孩子呢，阿妈……哎呀，老板娘，话说这地方，这个叫桑名的地方，是个按摩师很多的地方吗？”又一阵笛声响起，他的目光不安地闪烁起来。

“你真是的，人们说按摩师的眼睛是牡蛎，可桑名的特产是文蛤，所以按摩师并不多的。不过，这里是花街，旅馆众多，所以那帮人才来这边挣钱。”

“是啊，毕竟是花街啊。”不知为何，他自言自语地表示理解，又放松地支起一只胳膊来。

“师傅，一会儿你到艺伎馆门口唱给她们听听，说不定真能迷死人呢。”老板娘拉过衣襟把托盘转着圈擦了一遍。

“您可真会夸人。死了人可不得了！首先，我可不敢随随便便往艺伎馆门口站。”

“为什么？”

“搞不好会碰上仇家。”他低下了头。

“怪了，人都说艺不压身……师傅，难道是艺伎把你害成这样的？……那可真是仇人了。”

“说反了！我是艺伎的仇家。”

“啊，你别满不在乎地说这种遭人恨的话呀。”老板娘正说着，就听见朦胧地月光下，狭窄小巷对面黑黢黢的屋檐下，传来咔哒咔哒的木屐声，仿佛渗进了三合土的地面……按摩师寂寥的笛声紧随其后，就像从她脚底下钻出来似的。卖唱的表情严肃起来。

“说曹操，曹操到。有艺伎走过。你想看就把门打开呗……不过，你要做好准备，说不定是来报仇的。”

“哦，要报仇随时来。这笛声吹得可真烦人！”

门哗啦一声从外面打开了。

“呀，吓我一跳！”

“晚上好——快帮我煮六碗乌冬面吧。”一个脚穿草鞋、身披短上衣的红鼻头伙计披着明亮的月光走进来。

“好！”老板大着嗓门答应着，在柜台里猛地直起身说：

“老婆，你能快点儿吗？”

老板娘没搭理他，却问道：“这脚步声真好听啊，是哪儿的艺伎呀？”

“是前一阵子从山田的花街搬来‘岛屋’的新艺伎。”红鼻头的年轻人一边说，一边歪着脑袋向外瞅。

卖唱的背靠墙壁，后仰着伸展身体，视线越过站在门口的男人肩头，仔细观察着皎洁月光下花街里狭窄的小巷。

木屐的声音依然咔嗒咔嗒地传过来，只是微弱了一些。

“叫艺伎的客人很多吗？”

“嗨，没这儿的乌冬面卖得多啊。”

“马上给您送到。”

“好，拜托您嘞。”说完这话男人就走了。

老板在柜台里背过身去找他的矮齿木屐，然后丁零当啷地一阵翻找，拿出一个带沿儿的大托盘来。哈哈哈，看来夫妻店真是不容易，老板还需兼差送外卖。

“前前后后你都要关照着，听见了吗？听见了吗？我顺道去个别的地方再回来。好吗，老婆？”

老板四处仔细张望，花街月光明亮，也无需打灯笼，他一只手揣在怀里，道声“我送外卖去了”，用力拉开大门，也不关上，敏捷地出了门。

锅里的热气遇冷一下子分开，在卖唱的脸上投下阴影。

老板娘从一旁走过来，问道：

“你要在这里呆呆地看多久？那么想被仇人教训啊？”

“老板娘，在桑名……有给艺伎抱琴盒子的按摩师吗？”他缩着肩膀打了个寒战，这才好不容易坐直了身体，望着老板娘问道。

十

“啊，虽然和歌里也说：‘同一种草，在不同的地方有着不同的名字，比如难波[1]的芦苇，到了伊势就叫滨荻。’各地风俗不同，但是按摩师也不会去给艺伎抱琴盒子吧？我觉得不可能。不过，刚才那个什么屋新来的艺伎咔哒咔哒地从这里经过时，我无意间看见她了。她身着宴会上穿的淡紫色和服，走到各家屋檐挂的灯笼底下时，衣裳的颜色变成了浅绿色，来到月光下又变成了蓝色。她低着头露出洁白的脖颈，步态轻盈，衣襟纹丝不乱，悄无声息地就像飘过去似的。在她身后跟着一个灰色的影子。如果是女人的影子，在月光下应该像在地上爬，可是这个影子就像冰冷的道陆神[2]，和她隔了四五尺，慢吞吞地一直跟着她向前走。无论是姿势、步态，还是如同捏出来粘上去的丑陋脑袋，他怎么看怎么像个按摩师。他像个盲人，或者蒙着眼

① 大阪的古称。

② 保护路人免受恶灵侵害的神。

睛玩捉人游戏的孩子。我说这是按摩师当了搬琴盒子的。不过说得也未必对，可能是搬琴盒子的瞎了眼睛。”

“你看到的影子是什么样的？”

老板娘说着就想往外走。

“没了，已经看不见了。大概是进了招呼她去的店里了。两个人一直走到前面才不见的。哦，搬琴盒子的，没有眼睛的吧？唉，又多起来了……影子来了，笛声里有影子一闪而过。按摩师的笛声从天而降。在这寒冷的月夜里累积起来，会让桑名这个小镇变成针山地狱的。受不了啊！”

他端起酒杯一饮而尽。

“来吧，我要喝个痛快！你陪我喝一杯如何，老板娘？虽然老板不在，但是门窗大开……有什么打紧的！在对面第三家的屋檐背后，那山峰就像个雪人似的正盯着我。”

他转过头冲着大门口啊啊大叫，喊道：

“来了！来了！来了！真来了啊！真来了啊！按摩师！按摩师！按摩师！”

他气也不喘一口，连珠炮似的喊着。巷子里，一位按摩师正一边用手杖在脚前方交错敲打地面，摸索前行，一边招揽生意。他的两只白眼珠仰望天空，鼻翼迎着月光，听见卖唱的在呼喊，以为是在叫他，于是犹如冻僵一般停在原地。卖唱的搞不清这是现实还是幻影，一个劲儿地问：

“是影子吗？是影子吗？阿妈，是真的按摩师，还是影子啊？”

“如果是真的，你要怎么办？你就那么喜爱按摩师吗？”

“喜欢啊，啊——！”

卖唱的呼出一口气来，又看了看，皱着眉高声笑道：

“哈哈哈哈，我就是因为爱上了按摩师，所以才成了这副模样。喂，按摩师，按摩师，快进来吧！”

卖唱的把琴拨子摘下来，敲敲板凳道：

“你来给我按按吧。老板娘，抱歉啊，借你宝地一用。”

“你到榻榻米这边来躺下。按摩师，有客人，你进来，把门关上。”

“好。”

只听见手杖在地上咔嗒咔嗒地敲击。

“是啊……我早就跟影子没什么差别了。”伴着呼出的白气，按摩师嗓音沙哑地说道。他身穿黑色薄绸和服，外披一件紫檀色外套。红色的灯光渗进衣裳的褶皱里，消失在他的短齿木屐下，但是按摩师还好端端地站在那儿。他一只手在空中摸索，另一只手则像辨别酒香似的走了进来。

“你听见了？”

卖唱的傲慢地说。他把摆放着五六个酒壶的食案挪到一旁。

按摩师抽抽鼻子，羡慕地嗅着酒香。

“我等得焦头烂额，屋子外面跑过去一条狗，我都会看成按摩师。我这么说可没有恶意……这时候你不就突然出现了吗？我喝醉了，以为是幻影呢。”

“这位客人真是等很久了。说实在话，我挺纳闷他为何如此在意按摩师的笛声呢，现在算明白了，原来一直在等按摩师来呀。”

“老板娘，祝您生意兴隆。”

“只有他一位客人，您给他慢慢治疗吧。如果他就这么睡着了，我就让他留宿。”

老板娘说道。

按摩师泰然自若地说：

“好，那我就仔仔细细给他捏捏吧。”说完用手抓住自己的胳膊，要捏碎似的使劲揉起来。

“来吧，老爷。”

“我可不是什么老爷，我就是个乞丐。”卖唱的又干了一杯。

老板娘偷偷瞪他一眼道：

“又胡说八道。”

十一

“不用，我不需要躺着。够了，在这里就足够了……首先，说实话我根本不知道，你抓住我的后背，我这一口气能不能喘上来。搞不好我就直接晕倒在地上，被按摩师体面地捏死了。”

卖唱的严肃地说道。

这话听得按摩师目瞪口呆，眼珠子发白。

“别说得这么难听。虽说我是乡下人，到底也是长年累月习练杉山派[①]技术的，就算是在心窝里下针，也绝不会出错！”

“我不是在评价好坏。我从小到大，一次也没劳烦过按摩师。”

“嗨，那您怎么还一个劲儿念叨着按摩师、按摩师的？”

“那是因为我浑身上下僵硬得难受。我眼巴巴地盼着按摩师来，可是他真来了吧……这扎针灸跟

① 擅长针灸的一个流派。

头一回生孩子一样，丈二和尚摸不着头脑。说不清这是疼还是痒。唉，有人说就是挠痒痒，可能我也会觉得像挠痒痒吧！……然而不巧的是，我老妈坚守节操，我不是野男人的儿子[1]，所以这种痒法简直难以忍受……嗯，就像那个，捏饭团子的手法，那双手就那么揉捏我，痒得我无法忍受。啊，太痒了，这我可受不了。"

他一边说，一边用两个胳膊肘加紧侧腹，上身痒得扭来扭去。

"哈哈哈，这可难办了。"按摩师摆出一副束手无策的样子来。

老板娘又一次瞅瞅他的脸，说道：

"哈哈，您还真可爱。"

"反正您要评价，能不能把这事儿说成我可怜呢？……不过，一紧张，身子骨和皮肤都僵硬得像块石头，背堵得慌，胸口也要裂了。不让人按按可过不去。来吧，没问题！"他高声叫道，单脚站立起来。

---

① 民间传说已婚女性与婚外对象生的孩子，即使挠他痒痒也没有感觉。

“来吧，拿出杀死我的劲头来。我已经做好心理准备了，来！老板娘，百年修得同船渡，在旅途中受到您这等照顾，也是前世修下的缘分，还真让我依依不舍呢。一旦被掐死，万事皆休。我斗胆请您给我倒一杯，这恐怕就是告别的酒了。”

他甩干酒杯，猛地送到老板娘面前。一看卖唱的那张脸，仿佛丢了魂儿似的，眼神陡然变得凌厉紧张。这气势镇得老板娘目瞪口呆。

“来吧，按摩师。”

“好。”

“老板娘，快帮我倒酒！”

“是。”老板娘斟酒的手有些颤抖。

卖唱的一口喝干了这杯酒，与此同时，按摩师把手搭在他身上。

他浑身上下一个哆嗦，幸而脸颊泛起了血色：

“啊，沁入肺腑啊！”

“什么？我不明白这是怎么一回事，但按摩是不会出问题的。”按摩师也胆怯起来。

“首先，”卖唱的放松了他撑在膝上的僵硬双臂，说道，“估计不会危及性命，但是反应很大。”

他无力低垂的身子摇摇晃晃，嘴里说道：“月光清冷，按摩师的手指如同火焰，水火交融渗入骨髓。胸口冰冷，耳朵火热，肉体燃烧，血液冷却。啊！”他说着说着，双臂滑落。

按摩师大吃一惊抽回手来，章鱼似的张大了嘴。

小伙子摆正身体，说道：

“没关系，您手别停，继续来。可怜可怜我，静静地、轻轻地……哪怕你轻轻揉捏，我都如同粉身碎骨。我讨厌这种感觉。我忧愁焦虑。我躲避按摩师，他就贴上来，我走过，他就拉我，我逃跑，他便追上来。他无形却有声……尖锐的笛声犹如战鼓咚咚。他持续不断地逼近，软弱之人是承受不了的。犹如胆小懦弱的人濒临深渊，在山崖边驻足俯瞰，恨不得纵身跃下，破罐子破摔。按摩师啊，堂兄弟、从堂兄弟、叔伯外甥，是亲戚的都来吧，来找我报仇！我，啊……杀了你们当中的一个按摩师。”

十二

“从现在算起，恰好是三年前……那一年是腊月底，比现在还晚一个月。我到名古屋来办事，顺便参拜神宫。说顺便虽然不敬，但我当时十分激动，觉得好不容易挣足了盘缠得以前往参拜，也是因为得到了伊势大神的保佑和恩宠。我计划在古市悠闲地逗留几日，真正‘顺便’地……也赏赏浅熊山的云彩，听听鼓之岳的小调，在二见观元旦的日出。从堺桥前往池之浦，再经过冲之岛，来到气候不同的上郡，进入志摩，游览日和山……海面风平浪静的时候，就坐船出海，在伊良子之崎就着海鼠痛饮。我打算逗留上五六天……在山田，我住在尾上町的藤屋。你们不要感到吃惊——那时候的我，才不会穿件和服单衣，披上夹衣就出门。

“我还带着一件有家徽的礼服换洗，是个身披条纹外套的少爷……这绝对不是无家可归的穷小子在追忆往昔富贵荣华啊……不是我嘴硬不服输，因为这富贵并非靠我自己的劳动换来的……你们听我说，我家有个略微秃顶、总是气呼呼的老爷子——他是我的父亲、我的舅舅、我的师傅，也是我的恩人。在我这个行当里，他是江户首屈一指的、被称为这一流派全日本的一代宗师。

“不，他虽然看上去成天不高兴，可实际上是个直爽而爱开玩笑的典型江户人。他当年已经六十岁，要写成二岁断不可信，于是他就在虚岁上做手脚。我在旅馆替他登记的时候，他就像背诵禅宗问答‘天、地、人’似的，忽然在我面前伸出三根手指，目不转睛地瞪着我……意思是让我写成五十七岁。这性子，好玩吧？……当着来伺候的旅馆女叫他‘父亲’也是大忌……他撇着嘴说：‘我又不是与一兵卫，你不要像定九郎[①]一样叫我。’他也不许我以舅舅相称，而要称他为哥哥。

“和这样的舅舅做伴，旅途中的乐趣可想而知。酒香景美，风和日丽。走到哪里都有美人相伴。腊月里的山路边，马兰花正在绽放，而且个个都是大花朵。

---

① 两人皆为《假名手本忠臣藏》中的登场人物。

“在途经桑名、四日市、龟山开往伊势的火车上，和我们买了同样车票的人谈起了我们去名古屋参加的活动，我们的，怎么说呢……表演……不知他说的是不是真话，似乎对我的评价尚可，舅舅本来……就更不用说……我要是说出口来，会是流派的耻辱。你们就当我在说一位家喻户晓的名人就好。

“可是，来到这伊势之后，每当提及我们，都会出现另一个名字。你们听着，那就是住在山田古市一位叫惣市的针灸按摩师。”

卖唱的说到这个名字时，眼珠子变得直愣愣的。他不顾站在他身后抱着他后背的按摩师，也不看走到凳子附近坐在对面的老板娘，只是目不转睛地仰望着天花板，下意识地用手拨开升腾在胸口的水汽。

“他是个按摩师。可这个按摩师啊，祖上是侍奉某位大名的士族，知道吧？与我们流派相同，他是这一行技艺超群的高手。在古市这个地方，他势头强劲，狂妄地称自己为‘宗山’，意思是兼为江户正宗流派和本山[1]。虽说他高傲自大，但的确技艺超群……有个家伙，胖墩墩的，商人模样，嘴里镶着一颗大金牙，一看就像个爱耍小聪明的本地财主。我听见他说，无论东京正宗流派哪一个人来，惣市从不露怯，还有人铩羽而归呢！他若是有一只眼睛，哪会屈居于三重县这种地方！这次来名古屋的家伙，恐怕是有真本事，虽然不至于让他们去跟宗山习练习练，可是也得让他们知道天外有天，人外有人啊。

“舅舅正坐着打盹。我年轻气盛，用衣襟遮住脸颊，瞪着那两个人。

“到了藤屋住下，我故意让舅舅一个人去泡温泉，自己则向女佣打听，向前来问候的领班询问，有没有一个叫惣市宗山的如此如此的艺人，他们每个人都给出了同样的答案。他比想象得还要出名。还说最近有位在藤屋住宿的隐居侯爵请他到宴席上表演，听后盛赞：‘或许是因为临近鼓之岳，才有幸听到如此精彩的《松风》，在东京都难得一闻。’

① 原为佛教用语，指给各宗派传法的中心寺院。此处指这一流派的中心。

而宗山则说，他也想让那帮家伙听听。他把我的伙伴们称为‘那帮家伙’。那帮家伙当中的一员，就是我……”

十三

“我接着问下去，得知惣市就在古市边上开了一家小餐馆，小妾都有三人，可威风了——瞎扯！……区区一个按摩师，居然敢称自己为正宗流派的本山！让人怒不可遏！

“哦，按摩师，我说的是以前遇到的那位按摩师，不是在说您，请多包涵呐！”

他轻轻地按按胸口，似乎疼得很。

“后来我才意识到，信州的老百姓趾高气扬地认为，东京的戏剧里没有真东西……你们看，他们还认为宫重的大萝卜日本第一，盐腌芜菁片也是举世无双，甚至这桑名的烤文蛤也是无与伦比的呢。

“如果能理解这种心情就好了，可惜我当时二十三岁，第二年就是运气不佳的本命年。年轻气盛，思虑不周，还是急性子。我尤其对‘宗山’这名字不满意。‘那帮家伙’也让我气恼，‘三个小妾’更让人怒发冲冠。

“维新之后世道大变……你们要知道，我们这个行业一度衰微，伙伴们连肚子都填不饱。拿武士来类比，称得上一万石大名的艺人，沦落到削牙签、摆路边摊卖烤焦糖的田地……还有人去给荞麦面馆送外卖。我的舅舅就在乡下公所里打杂，只喝得起浊酒渣子，醉了便睡在田埂上。

“他的妹妹，你们知道吗？就是我母亲，还是个大姑娘的时候，实在活不下去，问一个存了些小钱的按摩师借过一点点钱，他就乘人之危，以此要挟，追着我母亲逼她为妾……我母亲穿着木屐踩空了，差点儿就跌入了隅田河——她从前见过这条河，可都是坐在轿子里的……这件事里也没少掉讨厌的按摩师。

“对。

“你瞧着，我来给你治治，让你那双瞎眼，看清楚自己到底有几斤几两。

“然后，我第二天恭恭敬敬地参拜了伊势神宫。

“在神圣与庄严的感召下，舅舅当晚只喝了几口酒便就寝了。我把舅舅的被角掖好，在他枕边备好水，告诉女佣自己要出门逛逛。其实我暗地里做好打算，要找到宗山的老巢，彻底击垮他。

“我出了门，正赶上外面狂风大作。这风从相山的长坡底下猛吹上来。虽然风势很大，但有五十铃河隔着，应该刮不到宇治桥的那一端……风虽大，却温吞吞的，让人不舒服。它卷着黄沙在灯下飞舞。月亮躲在薄云背后投下浑浊的光。狂风刮得神路山上苍翠的树木摇晃不已，此刻二见浦一定白浪滔天。风力迅猛，啪地打在我身上，让我脚步踉跄。我担心帽子被吹飞，立刻折返藤屋把它放下……我像个逃跑的和尚，风钻进我的脊梁，吹得衣服鼓鼓囊囊，短外褂的袖子随风翻飞。我嫌换衣服麻烦，还穿着白天参拜伊势神宫时带家徽的短外褂。我把它叠起来塞进怀里，还用手巾把脸裹了起来，也不知这是副什么打扮。

“那就是我卖唱的前兆啊，我真是活该！”

卖唱的把一只手塞进袖子里，一直插到胳膊肘。另一只手则把酒碗猛地扣住，接着说道：

“我到古市一看，才刚初更，就已悄然无声……屋檐在风里咯吱作响，檐下的灯笼也咔嚓咔嚓摇个不停。虽能听见三弦声，但它一下子就消散在风中，犹如一只猫眨眼间消失在高大的屋顶上。没什么大不了的，就当我是被这阵风刮到今夜这条寂静花街来的吧。

“走到路边一个地势稍低的地方，我看见一间屋子，紧挨着脏水沟盖板，竖着一排竹栏杆，地上的毛毡边儿已经翻起来，榻榻米上一团团红兮兮的污渍，煤油灯也被油烟熏得黑乎乎，是一家卖气枪和吹箭的店面，里面坐着一位脸抹得雪白的阿姐，于是我跌跌撞撞地走了过去。我先支起胳膊，把七分目光投向正面那个两只眼珠子明亮得异样、大彻大悟似的不倒翁，剩下的三分目光则盯着阿姐的脸，问道：‘这附近有一个叫作宗山的按摩师吗？’其实我是想在这里打听一下情况。因为我一无所知，闯过去也没用。

“‘是有这样一位大师哟。’她竟然把我的这位同行称为老师，而且是‘大’师！

“我问道，我想要洗耳恭听他的表演，谁都能听他表演吗？印着干鲍鱼纹的帷幕后面，走出一位二十八九岁，面色苍白，鬓发乱蓬蓬的瘦削女子来。

“她说：‘不认识的旅客会是什么情况，我不清楚。如果您想听，那我就领您去。’

“我给了不少茶水钱，请她们引见。

“于是女子对抹得雪白的阿姐使个眼色，说道，‘你带他去吧，这是个不错的少爷呢，路上小心。’阿姐立刻轻巧地跨过栏杆出来了。”

十四

“我用两只袖子掩住嘴巴，低着头迎风向前走……那个女人领着我走进了对面的巷子。狂风呼啸，家家都关门闭户，灯笼摇晃着投下诡异的光。在两侧乱糟糟的狭长房屋中，唯有一户是两层楼房，水沟上铺着宽盖板，门窗还有格子棂。

“檐下挂着招牌，上书‘家常菜饭馆’，这就是宗山先生的住处。

“‘来客人了。’女人领着我径直向里走。三个奇怪的女人正围坐在眼前的长火盆旁，一个跪着，一个把腿放在身侧坐着，还有一个把胳膊撑在火盆的木板上支着脸颊，看来现在餐馆的生意不忙……横梁正面紧挨着就是狭窄的楼梯。

“‘座位在二楼吗？’我出其不意地摘下裹在脸上的手巾，想要上楼。可是因为刮风，楼梯上并未掌灯。女人们紧张地叫嚷着说黑魆魆的，请稍等。就在这当口，一阵风吹来，挂在她们头上的灯一下子就灭了。

“这时候，借着邻室朦朦胧胧的灯光，我隐约看见了两扇隔断拉门，正中间一清二楚地映着一个大黑影子——光秃秃的脑袋，凸出的额头，肥厚的嘴唇。嗬！好你个宗山，原来在这里！太可恶了……还有一个浓黑的身影，娇小玲珑，梳着岛田发髻，正在给他揉背！

“女人们叫嚷着‘火柴，快拿火柴！’

“我听见粗声粗气的咳嗽声，看见一只大手举起烟灰筒，拿走后，又映出一支烟管来——这时候，影子大了一倍，大概是他展开了胳膊。这家伙，穿着宽袖子的棉袍。

“桌上的煤油灯终于点亮了。

“‘让您久等了，请上来。’有人领着我上了二楼。上到楼梯一半的地方，我回身看看，想知道吹箭商店送我来的女人在哪里，只见她离开了火盆，正双膝并拢，埋着头坐在刚才那些女人身后。

“在六个榻榻米大的前厅，那人低声问我：‘那个姑娘行吗？据说还有其他姑娘哟。’——呵呵，这里做的是门什么生意我也大概明白了。这时，那家伙大声说：‘您要点儿什么？’

"'来点儿清淡的，喝一杯。然后……'

"我告诉她，我其实是想听听按摩师的嗓音。

"'嗓音？'……那家伙蔑视地冲我笑笑。

"'你想听……大师的嗓音？那我赶紧通报。'

"于是这暗娼急急忙忙整理好衣衫下楼了。很快，上来一位十六七岁的年轻女子……哎呀，怎么形容才好啊，真是应了那句老话，水仙，不，鲜花插在牛粪上啊。她腰系绉织腰带、身披绉织衣衫，如枫叶一般美丽。头发盘成蓬松的结绵发髻，系着浅蓝色白星点的布头饰。哦，或许她是三个小妾中的一个吧。天照大神的脚下竟然有这等岂有此理之事！给宗山秃子揉背的岛田发髻人影儿应该就是她。我哀怜地想，真可惜啊，这双犹如五十铃河上星星一般澄净的眼眸，就要被鲶鱼鳍给搅浑了。她用紫色茶巾托着一杯淡茶送了过来。

"哟，这就是本山的想法啊，得知客人是来听他唱一曲的……还真礼节套路来招待呢。这是正经八百地比试呐，有意思！于是我也顺势从怀里取出外褂穿好。

"很快，又端来一个酒杯。盛放酒杯的朱漆托盘上，还描着二见浦的金漆彩绘。这阵势摆得够足啊。

“按摩师指着酒杯说：‘请先喝上一杯，到这边来。’那意思是让我‘洗耳恭听’，态度颇为傲慢。

“他一屁股坐下，大腹便便，圆滚滚的腿，脖颈跟身子一般粗壮。他青筋暴起，犹如小蛇扭曲着从耳旁盘踞到眉间。两抹淡眉，塌鼻子，嘴唇却很肥厚，而且颧骨高高突起，仿佛一咬牙就会咯吱作响。他左眼紧闭，右眼则翻起眼皮儿露出白眼珠来，还有一脸细密的黑麻子。

“然而，他身体的残缺是无法掩饰的——肩膀无力地低垂，看上去可怜巴巴。若是猪熊入道①的肩膀也是这副模样，他也会低垂着脑袋露出后脖子根来呢。”

① 常常出现在日本江户时代小说、戏剧中的英雄豪杰。

十五

“真是的，我可不是在为难你。”

凑屋的女佣紧紧抓住围裙下的膝盖，瞟了一眼身旁那位二十岁左右的年轻艺伎说道。艺伎低垂着脑袋，仿佛柔软蓬松的岛田发髻沉甸甸地压得她抬不起头。浅粉的素色纺绸长衬衣滑落到肩头，露出了脊梁，让她雪白的脖颈看上去冷飕飕的。长衬衣外面是一件藕荷色的绉织和服。那颜色十分柔和，像是淡紫，又像是浅蓝，如同马兰花的纤弱无力的残花。

“我会替你负责这场宴席的。你呢，现在就赶紧回去吧……你是岛家的，嗯，三重小姐吧？你，三重小姐，请回吧！”

女佣严厉地说道。

“我还以为你来了能讨客人欢心呢，所以我才留个小丫头在这里去了厨房。没想到就这么点儿工夫……真丢人，你是嫌弃客人年龄大吗？还是说仗着自己刚从山田来，觉得了不得，瞧不起我们店？

让你斟杯酒也这么甩脸色……客人要听三弦琴，你也只是鼻子里哼哼笑两声。旁边的喜野看不下去了，才悄悄来提醒我的。

“从刚才起我就一直在千方百计讨好你，调动你的情绪，嘴皮子都磨破了。我来给你打拍子，你来唱支流行歌，或者是京都小曲儿，请把三弦琴弹起来。客人挺寂寞的，酒宴也冷清。你看看，连蜡烛的灯光都发白了。我都在求你了，可是你坚持说‘我不会，我不会’。你是碰不得三弦琴吗？这世上哪有不会弹三弦琴的艺伎啊？

“我说，你想想这是不是一般的宴席，你看看客人的模样也就知道了。为什么你不好好伺候呢？我都过意不去了。你快点儿起来，好吗？我帮你拎琴盒。”

原本温和的女佣猛然起身，冷冰冰地拿起平放在拉门边上的三弦琴，一把提起来。

“啊！”

三重的衣襟在地面沙沙擦过，她轻轻地抱住女佣的膝盖不让她走，拉住抽回三弦琴。三重匍匐在地面，犹如凋零的芍药花。

“请饶恕我，请饶恕我，请饶恕我！”她带着哭腔，气喘吁吁地央求。

“我怎么会对客人，对贵店如此失礼呢？我是真的，真的不会弹三弦琴啊，阿姐。”

她说到这里停了下来。

“刚才，我在其他店的酒宴上，也坐在角落里。客人说，这不是平常的酒宴，是士兵的饯行宴会，气氛十分活跃，不需要没有技艺的人。如果能脱了衣服跳舞还行，如果不愿意就下去吧。我一个人被赶回老板家，当场就被狠狠教训了一顿。

“‘不会弹三弦琴，也不会跳舞。你既然不愿意在酒宴上脱衣服，那就在家里脱，我替你脱！’老板把我的衣服扒光，腰带也拿走了，还让我趴在厨房地上，故意把窗户拉开，让寒冷的月光洒在我身上。老板用勺子舀水不断淋在我的胸口，真是太羞耻了。

“一听到贵店让我来宴席，老板态度骤变，让我穿上地炉烤好的衬衣，说：‘据闻客人是从东京来的哟。’她拿出珍藏的和服，叫我‘伺候好了再回来’。老板甚至还亲手给我摆好了木屐。

“可是我该怎么伺候呀？……我站起来连走路都不会了，更别说跳舞。三弦琴呢，阿姐，我要是碰碰也可以发出声音，可是一叫我弹给人听，我就唱不出来了。

“我又不是个残疾人，太丢人了。可我怎么都合不上三弦琴的调子啊。我一想到不知该如何做才能留在酒宴上，就越来越害怕，连话都说不清楚了。也难怪您会觉得我不满意，甩脸色。唉……阿姐，阿姐，就让我在贵店厨房里帮忙洗洗涮涮吧。”

三重拉着女佣的衣袖，泪水涟涟地仰望着她，一个劲儿请求……女佣脸上的神色眼看着柔和起来，杵在地上的三弦琴似乎也要弯腰。三重转身朝向两位客人，依然用蓬松的绫罗腰带结压住女佣的袖兜……

十六

三重把手支在地上，再次向两位老人鞠躬道：

“您二位称我为艺伎……可是我派不上用场，深感抱歉，因而我连拿酒壶手都在颤抖。请您就当叫了个打杂的下人过来，随便使唤，一直到您二位休息。我给您拍拍背吧，或者给您揉揉肩。我会竭尽全力伺候您的。”

她说完立刻跪拜在地上，刘海都搭在榻榻米上，还一直行着三根手指撑地的大礼。

捻平正翻开书，默默无语地盯着徒步旅行记里的图画。他听闻此言，语气沉重地说：

“这是要留给子孙后代的建议啊。我们要互相提醒，以后在旅途中不能随便叫艺伎……”

然后伸手拿起火筷子。

弥次郎兵卫无所事事地半闭眼睛仰望着“临风榜可小楼”的牌匾，把卷烟放在嘴边吸上一口，却没注意到烟已经快燃尽，呛得他直咳嗽，连忙把烟扔掉了。

“嗯，我说，女佣……一会儿我把她的钱付给你。我本来想在这里付的，可是担心这姑娘心里不好受，你给她找个小房间休息休息，和大家一起吃碗乌冬面吧！我请你们。然后，你们聊点儿有意思的，再找个合适时间点让她回去就可以。”他拿起凉了的酒杯，寂寥地一饮而尽。

女佣把刚才立在一旁的三弦琴轻轻推到隔壁房间的暗处，摩挲着三重的后背。只见她筋疲力尽地趴在地上，一言不发，灯光如水波在她身上摇曳。

“岛屋老板竟然如此狠毒。好，那我跟我家隐居的老板娘说一说，请她来评评理。你放心吧。还好，没在你脸上留下伤疤。”

女佣抚摸着她柔软的臂膀接着说：“唉，老板一定是考虑到这张脸伤了没法做生意吧……你跟客人道个谢，去隐居的老板娘那里烤烤火，聊聊天。她剪着短发，披着头巾，正在切羊羹喝茶呢。不过，”女佣看看三重白净的脖子，柔软的鬓发，小心翼翼地微笑着安慰她道，“你啊，也真是运气不佳呀。当真不会弹三弦琴吗？连一个音都弹不出来？”

这句话像是说到了三重心坎里……温情融化了

她的冰冻的泪水，眼泪像断了线的珍珠般散落下来。她哭出声来，说道：

“是，我许过愿，也吃过白斋，可是怎么也学不会，一个调子都弹不出来。恐怕这是天生的。”

烛光下，三重的面容犹如腊月暗夜里的白梅。

“也不会跳舞？”

“是……”

“别哭啊，没出息。来喝一杯！打起精神来。以后再被叫到酒宴上，也不要害怕。有底气，怎么都能想到办法。用丝瓜皮拨拨琴弦也可以锵锵作响呢。不需要琴和二胡，敲敲铜锣铙钹也可以啊。把箫吹出响声来，没人能听得出好坏。这样的话，就不会有人说你没有技艺了。不会跳舞就做体操吧。一！”

弥次郎兵卫向左右大幅度地伸展手臂，差点儿就把外套的带子扯断了，接着又挺起宽阔的胸膛向后仰。

“二！”

他猜拳似的用力向前伸出两只胳膊，哈哈大笑着鼓励她。

“你看，这种事你总会吧？不，这也是需要胆量的。你看上去很胆怯，恐怕什么都做不了吧。可怜啊！”

“嗯……要让我自己说，我真是害臊得说不出口。我会跳一小段舞，只会这一段。”

三重低头，害羞地再次双手撑地行礼。

“你会跳舞？你真会跳？”

女佣高兴了起来。

“哟，你要是会跳舞就别走了，站起来跳一段吧。你在这宴席上不用客气。你等等，需要伴奏吧？喜野，你去那边的大房间，就说我阿千要借个能弹琴的人。”

正在发呆的小姑娘喜野刚要起身，阿千又偏偏脑袋，嘴唇微微翘起，温柔地说：

“等等，等等。”

十七

“今天和平常不一样……一旦入伍，就只有在星期天才能出营……他们要为了国家吃苦头啊。那是新兵的践行会，就算有很多姑娘在，少一个也会冷清的。

“好吧，都说旅途上不怕丢人，我今天也不怕在店里只住一夜的客人笑话，我来弹三弦琴吧。三重，你要跳哪一段？让我来挑选会还是不会的曲子，不合适……就算是我不会的，我也会想办法跟上你的。”

“哎呀，阿姐。”

三重用衣袖搭在想要起身取三弦琴的阿千膝上，有些羞怯却又讨人喜爱。

“我和着三弦琴的调子跳。嗯，我呀，是效仿能乐的舞蹈。”她还没说完，就把脸藏在阿千膝头，背对着老爷子和捻平，一派天真烂漫。她举止规规矩矩，但是刚才一番哭泣后，衣襟凌乱，衬衫的长衣袖铺在榻榻米上，又显得妩媚多姿。

“什么？你要跳能乐的舞蹈？”弥次郎兵卫问道。

捻平把膝盖上的书啪地合起来说：

“这样，我们来喝一杯吧。自斟自饮即可。我们可不在这里看你跳舞，还不如听听念经时的太鼓呢。哈哈哈哈。”

不知为何，此时弥次郎沙哑却高亢的笑声响彻了天花板，叫道：

“捻平，捻平。”

“什么事？”

捻平懒洋洋地应道。

“人在旅途嘛，留点儿谈资。我也想长长见识。”

“我就免了吧。”

“那你就闭上眼睛。”

“啊，净说些不吉利的……明天我就要回江户了，在见到我可爱的孙女之前，我就算死了也不闭眼。”

“你这性子可真拧巴，所以才叫你捻平呢。随便你吧！快，这位姑娘快起来，不用在意这个老爷子。你很自卑，说自己什么技艺都没有。其实无论什么，你只要效仿一样出来，都不会丢艺伎的脸。

这样你也可以心安理得地收下报酬了。所以，我一定要看看。不过，你要听从内心的决定。我绝对不会强迫你哟。

“我不知道你要跳什么，不过既然客人都这样说了，跳得不好也不打紧，不打紧的。来吧，你要做准备吗?”

“是。”

三重微微起身，咬住紫色的衣襟——深深地低下她原本丰满、现在却惹人心疼的消瘦下巴，害羞地朝怀里看去。透过她前胸的白色衣襟，露出了一个深紫色的细长小包裹，应该是贴身收藏的。小包裹的绉绸一瞬间飘然展开——啊，烛光之下，一柄亮晃晃、沉甸甸的银色舞扇出现在她的纤纤玉指之间。

三重把亮闪闪的银扇郑重地举到刘海边，犹如玉簪似的贴在前额。她的动作规矩而又利落，仿佛月上中天时海潮的波光，静静地荡漾开来。同时，她用舞扇遮住了自己的面孔，反掌露出白净的手指，压在两端的大扇骨上。

河口的潮水和隔壁房间客人的喧闹声刹那间

退去。

唯见皎洁的银扇上，点缀着金色的云朵，还有一轮深蓝色的月亮。澄净的声音在扇面之后响起：

“那时渔女道，若得此珠，请立吾儿为嗣子，此事务必要答允。吾命如朝露，若为吾儿故，弃之不足惜。千寻绳，系腰间，得珠便摇绳，届时众人齐心协力……”

节奏忽然加快：

“……将吾拉。立约罢，抽出利剑一把……”

银扇开合，衣袖翻飞，三重的舞姿显示出仿佛经过了多年习练的超群的技艺。她目光专注，沉稳老练。月光穿过玻璃窗洒在屋内，降霜的河面上阵阵涟漪衬托她的舞姿。烛台的光影投射在她膝下的榻榻米上，流光溢彩如繁花盛开。

“啊，等等！”

捻平用力地喊道。

十八

捻平把火盆拉到身边，嘱咐道：

“女佣阿姐，你再添点儿火。哦，不用劳你起身了，把铁壶拿开就行。”

阿千似乎受到了这种气氛的感染，姿态也变得更为端庄。

捻平让阿千静静地移动火盆，他则挪动膝盖，就像拿重东西似的，小心取出放在壁龛里的包袱，放在膝头。其他的包在他来时都被扔在了隔壁房间，唯有这件包袱单独放置，就连坐在车上的时候都一直挂在脖子上。他伸出一只手来，留意不要碰到阿千的脸，罩在火盆上手掌手背地烘着，说：

“哦，我说，姑娘，你是叫三重吧。你把手伸出来，快把手伸出来。”

……被捻平慌忙拦住时，三重正舞到手持利剑要起身，因而一只手正将打开的舞扇紧紧贴在低垂的前额，一如花瓣的唇间呼出的气息仿佛要将它晕染，另一只手则撑在榻榻米上。听见捻平叫自己，她微微抬头，利落地合上扇子。随着银扇合拢，刚才一直目不转睛凝视着姑娘起舞的弥次郎兵卫，这才慢慢合上圆睁的双眼，一言不发。香烟灰从他颤抖的指间无声地落入火盆。

捻平从坐垫上向前挪动一步膝盖，说道：

“我还想从头仔仔细细看你跳一遍。你先过来一下。嗯，刚才的歌曲，无论气势还是姿态都说明，教得仔细，学得明白。

“能把这支舞教到这种水平的，四海之内无他，我大概已经知道是谁了。不过我还想向你打听打听他的消息。喂，你也别说话，好好听着。”

捻平瞟一眼弥次郎道：

“首先请你告诉我，你是出于什么缘故，跟什么人学的？”

“是。”

三重低声回答。她已经又变回那个稚嫩的姑娘，轻声细语道：

“如同我刚才所说，我是个极为笨拙的人，跑调，而且记性不好。长歌《黎明钟声》之类的三弦琴曲调，我一窍不通。我之前在山田的花街，那里的阿姐一早一晚，再加有空时的傍晚，每天都呕心沥血、热情仔细地教导我，可是我自己都感到可悲啊……单是‘黎明时分’这一句，我就耗费了十天时间才模仿着弹下来。可是，又立刻就像做梦似的迷迷糊糊了。我心里想要好好弹，可是手总跟不上，指头一滑就把高音弦错弹成低音弦，一声闷响。

“我被琴拨子戳喉咙，被烟管子敲胸脯的次数，比弹断的弦都多。

“阿姐不是心怀恶意才这么做的……到山田之前，我在鸟羽的花街，那时候……”

“哦，你是鸟羽人？是志摩的吗？”

弥次郎兵卫忽然问。

“不是的。我原本是伊势人。父亲死后，继母把我卖到了鸟羽。一开始骗我说是当女佣——他们说我不听客人的话，说我在陆地上没用，把我赶到海上去挣钱。到了晚上，男人们在悬崖下的小码头把我抓起来带上船出海。海上虽然有明月，可是海岛的阴面依然一片漆黑。小船就像一片树叶漂浮在沉寂的海面上，我走在船上，胆战心惊，瑟瑟发抖……唱着悲伤的歌曲。招徕不了客人的时候，船老大会怒气冲冲地惩罚我，罚我念让船夫想念女人的咒语。他们把我扔到海里，再湿淋淋地拉上来，让我趴在退潮后的礁石上，把嘴贴在礁石的裂缝边，喊着‘我想你，我想你’。年轻人在舢头上等着，我的声音一旦中断，他们就用海螺壳噼里啪啦地砸我。饱含潮水的风湿漉漉的，在夏夜里也寒冷刺骨……我是从天寒地冻的腊月里被迫出海的。无数座岛屿都覆盖着白茫茫的冰霜。冰冷刺骨的寒风把礁石的棱角冻成了一根根坚硬的针，我匍匐在上面哭喊着‘我想你，我想你’，冷得嘴唇发麻，喉咙裂开，舌头冻僵。潮水浸湿的裙子冷得彻骨。就在我快要失去知觉的时候，又被贝壳砸醒。我终于清醒过来的时候，发现自己不知道在一艘什么船上，四周黑漆漆的，没有点灯，桅杆就像妖怪手里的狼牙棒。一只粗糙的大手从桅杆下伸出来，一把抓住我拉到怀里。

“天空中只有苍白的星星在闪烁，海水黑魆魆的。我仿佛坠入了暗夜里的血池地狱。啊，原来我还活着啊……白鸻在鸣叫，我在哭泣……说起来真是太丢人了。”

三重说着，举起舞作利剑的扇子，提起水袖，遮住自己的脸庞。大家都沉默不语，只有蜡烛沙沙地燃烧，散落白色的泪滴。

听到这个故事的人，在日和山顶眺望志摩群岛，俯瞰风平浪静的海面，欣赏霞池之畔仙鹤飞舞的明媚风光时，会是一种什么样的心情呢？

十九

“因为我哭个不停，所以气急败坏的船老大说，与其掏钱买个爱哭鼻子的，不如在被窝里玩伊良子崎的海参和弥岛的乌贼呢。没有一艘船愿意要我。

“我又被赶到礁石上，在阵阵寒风中哭喊‘想你了，想你了’。

“我多么希望，即使手脚冻僵，也能接着哭喊‘想你了’。我想让这声音从礁石的裂缝里钻到海里去，响彻整个大海。船已经开走，潮水袭来……我宁愿就此化作一块石头。客官，我，我……”

她咬住凌乱的衬衣袖子，眼圈泛起淡淡的粉色。

“我心里一直惦记着一个人……我既无技艺也无姿色，是没有资格说这种话的……我发自内心向神佛许过愿，就算被杀了，就算死掉，我也……

“那天晚上，我被一艘挂着冷白灯笼的船买走了。但因为我不听船老大的话，又被赶了回来。送我去的年轻人正在船尾烤着脚炉和浊酒，见我回来便说，钱都付了，不要浪费，就在大家面前，把这个女人扮作渔女消遣消遣。那是个月朗星稀的夜晚。

“他们在船中央剥去了我的和服，在贴身衣服的腰带系上绳子，头朝下沉入了深不可测的大海。我咕咚咕咚一个劲儿向下沉，就在我以为自己已经坠入地狱的时候，又像井里的水桶似的被他们一把拉上来。还没等我头发上的水滴干，就又被推到了海里。

“这时候，船上住着一个年轻人。那么冷的天气，他只穿一件衬衫，一条裤子，是个在二见和鸟羽之间跑车的马夫。他说长崎的伯父一个人住在这艘船上，所以他来问伯父讨要零花钱。他见我这副模样，十分可怜，回到伊势后就对别人谈起了此事。于是，我刚才提到的……我前一阵住的古市花街的阿姐，花了一大笔钱把我赎出来了。

“接下来，阿姐说，哪怕是跟鸟羽的饿鬼们争口气，也要好好习练技艺，成为出色的艺伎。她含着眼泪，用琴拨子敲打我，教我三弦琴。可是不知为何，我完全学不会。

“食指和中指之间的音，我一天练习三次，练了一个星期。邻居们都埋怨我，吵得他们吃不香睡不着。

“又是一个月朗星稀的夜晚。啊，如今的主人，对我越好，我就越难受……如果痛苦难受只是源于肉体，它就会随着生命的终结而消失。我还不如干脆回到鸟羽，任由他们抓去礁石上哭喊‘我想你，我想你’，在贴身衣服的腰带上绑好绳子抛进大海，心里反而更好受些。海岛和大海浮现在我眼前，月光下飞翔的白鸻犹如来自地狱的使者，这就要把我带走……就在这个时候，一个卖唱的来到了格子门前。

“在花街的月光下，他的三弦琴声犹如露珠一般晶莹剔透，嗓音动听得难以形容——

腰系博多带，身穿筑前绞。

……

“他唱完后道：‘献丑献丑，打扰大家了。’转身就要走。

“啊，唱得太好了，我听得浑身发颤。穿着条纹高级绉绸短上衣的阿姐，也在静静地倾听着，连袖

子沾上了火盆里的灰都浑然不觉。她说：‘你去求求他教你。来，把这钱给他，就当是佛前许愿了。’

“她从长火盆的抽屉里取出钱，又从缎面腰带里嗞地抽出一张白纸包好交给我。我把钱放在托盘里，打开门一看，他已经走到了三四米开外。月光洒在我们二人之间，我追上几步喊道：‘这个给您。’他转过身来拿起托盘里的钱。我抓住他的手，泪水不由自主地从眼中滑落。他虽是个男人，却弹唱得如此美妙动听。我哪怕能有他一根手指都好啊。我情不自禁地呜咽起来。

“他的脸是用手巾裹住的。他拉着我的手——默默地朝路边退过几步，温柔地问：‘你为什么哭？’

“我忘记了所有的耻辱，告诉卖唱的我无论如何都学不会三弦琴。”

二十

“他凝视着我的脸，认真听了一会儿，说道：‘你就说为了学会技艺，要向神佛许愿。趁夜里出来，到鼓之岳山脚的杂树林里来。我觉得大概需要三天的时间，不过你要请主人准你外出七天。就从今晚天快亮的时候起……听明白了吗？年轻女子路上不安全，我到这个入口来等你。你不要以为自己上当了，你不是在做梦。’

“他说完这话，把三弦琴绑在胸前，一下子消失钻进黑暗里，沿着黑墙走了。

“我没有把实情告诉阿姐，只是请求她准许自己凌晨三点到天亮之间，洗漱后许愿。阿姐高兴地答应了。

“我心想，最多也就是一条命，豁出去了。阿姐对我恩重如山，她家的格子门今后恐怕也见不到了。我出门之后频频回首，站住脚凝视着大门。这时候，突然听见一声‘来吧’，背后有人拉住了我的手，是那位卖唱的。

“我虽然已经做好了思想准备，但还是感到自己如同被天狗抓住一般。

“接下来的事，我分不清是梦境还是现实。天亮后回到家，我依然迷迷糊糊，接下来的两三天也是如此……我在昏暗的杂木林中跟随他学艺，鼓之岳阵阵松涛和五十铃河的潺潺水声回荡在耳畔……他还教我舞蹈的举手投足每一个动作。他只是在身后搂着我的背，我的身体就自然而然地翩翩起舞。我只记得这些了。

“当然，我也把自己在鸟羽被投入海中的经历以及身世都告诉了他。不可思议的是，他还跟我说，我们出于种种复杂原因，本是仇敌，还让我不要把鼓之岳的事情告诉任何人。

“第五天，他对我说，你已经可以了，在酒宴上跳这支舞，就不会有人说你没有技艺了。还把这把舞扇作为纪念送给了我，说是略表心意。”

隔着袖子，三重把舞扇紧紧抱在胸前，肩膀不住地颤抖，脖颈儿的头发也随之飘动起来。

捻平叹口气点头道：

“嗯，我听明白了。教法和学法，你不说我也十分清楚。在山田的时候怎么样？单靠这支舞蹈还是无法表演？”

“是。我第一次唱的时候，大家都哄堂大笑。还有人说可怕啊，恐惧啊。这是因为，有传言说我被天狗掳走了五天。”

“对，倘若师傅不是妖魔鬼怪，这段能乐表演你可就学不会了。嗯，那么，伊势也有五六个唱谣曲的吧？你没有跳给他们看？”

“也有好奇的人叫我去试试，可是伴唱的人说，跳得乱七八糟不成样子，立刻就让我停下来了。”

“哈哈哈，是啊，一听你脚下的拍子，功底不足的伴唱人哪还能找着调呀，早被带飞了。哈哈哈，伴唱的家伙可真是倒霉了。后来你就换了东家搬到桑名来了？”

“大家说我是狐狸、貉子附体，不，见我舞得边哭边跑，说我是猫头鹰附体，都认为我疯了。阿姐可怜我，不愿意赶我走……可是其他人都不同意……桑名的岛屋，虽然不常来往，但也算是阿姐的亲戚，所以就把我托付给岛屋了。”

“哦，在那里又吃苦头了吧？这样，你的遭遇一会儿我再细问……姑娘，我也同样大吃一惊啊，一个年轻女子，并非妖魔，竟然有如此超群之技艺，所以我才让你停下。真抱歉！来，你站起来再重新跳一次吧。辛苦你了。我很久没有欣赏这支舞蹈了，甚是怀念，让我通过你的舞姿，回味少宗家技艺的神髓吧。”

他说着，解开了膝盖上的包袱，露出一面小鼓来。鼓身上的《立田河枫叶图》一看便是出自土佐画派名家之手，上下鼓面犹如盈盈满月。珍藏的涂漆鼓身上有二字铭文“云霄”，意指鼓声宛如“大珠小珠落玉盘，天人闻之亦沉醉”。老人姿态优美，犹如织锦穿梭一般熟练地拉紧鼓绳，高举在火盆之上……阿千大吃一惊，不由得屏息静气两手扶地行礼。

老人举手投足之间流露出不容置疑的、源于艺术的威严。要说这位捻平是何人，正是七十八岁的老翁边见秀之进，当代举世无双的小鼓名家。最近他刚传位于孙，以“雪叟”之名闲居。

而另一位老爷子，正是能剧演员、排名本派第一的老手恩地源三郎。

津市的地方长官侯爵在参拜神宫的临时官邸中举行了一场演出。两人表演完毕，正徒步旅行，返回江户。

二十一

话说乌冬面馆里，卖唱的小伙子还在继续讲述他的故事。

“唉，接下来这大和尚一番装模作样完毕，终于张口开唱。我一听，他的技艺竟然超出预想，不像个按摩师啊……如果他在户外呼啸的狂风之中放声歌唱，这声音一定能像‘嘀嘀’的笛声一样响彻夜空。原来如此，被此人叫做‘那帮家伙’的同行一定不少。

“不过，他对于我来说就是弱敌了。庄严的艺术是容不得轻慢的，我提起精神，在膝盖上……”

卖唱的重新端坐，按摩师的手松开他的肩膀，他的衣襟平整地舒展开。

“……在这膝盖上拍一掌，默默地打了两三下拍子。这个拍子可不寻常，是我打小就坐在我那亦为父亦为师的舅舅腿上得到的真传。就拍在对方曲调的间歇，使它时松时紧，削去声音的分量，打乱呼吸的节奏。如果对方是不懂音律节拍的外行人，这就是对牛弹琴，无人在意。可如果对方勉强算是个行家，略有几分修养的话，哪怕是咚地拍这么一下子，也会发不出声音，跑调得厉害。三弦琴的节拍也是一样。你们感受一下，唱到‘和气宇轩昂者不相称’的时候，如果不把最后一个字切得干干脆脆，就会低俗无趣，如同锔子插进豆腐，钉子敲进米糠，白费功夫。

“他果然是个有修为的家伙啊，行家给他敲上这么一拍子，他的声音立刻被压了下去，紧张的旋律也马上变得松松垮垮。现在想起来，我年轻气盛闯了大祸啊。他妈的，我如畜生一般卑鄙无耻，对方则是外行人一般的可悲可叹啊。

“可怜的宗山。眼看着豆大的汗珠从他额头上冒了出来，他唱得声嘶力竭，油汗珠子从下巴流淌到了胸口……他那两片厚嘴唇犹如干海参一般枯涸起来，舌头僵硬，呼吸急促。他的双手无力地颤抖着，一边唱，一边在榻榻米上摸索，想要捡起酒杯来。就在他一页歌词都还没有唱完的时候，我啪地敲响了双板，这声音仿佛震动了他的下腹，只听曲调从他的身子底下滑了出去。

“他喷出一口火焰般的气息，整个身体猛然间坍塌，趴在了地上，舌头从嘴里长长地耷拉出来，如同一条狗在舔舐榻榻米。

“‘老师，您生病了吗？’

“我微笑着说。

“‘请您唱一曲，恳请您唱一曲吧。我宗山宁愿变成聋子，也要听听您的拿手曲目，否则死不瞑目！’

“他握紧拳头一个劲儿地说。

“‘按摩师，’我问他，‘从尾上町到藤屋有多远啊？’

“‘为什么问这个？’

“‘距离不远的话，声音有可能传过去。我是偷偷到这里来的。……我不想让藤屋的人听到我的声音，我舅舅正独自一人睡觉呢。都说勇士也知道冰霜的厉害——本来就是容易醒的老人，更别说这风刮得让人难以入眠。要是他忽然醒了可就不好了。酒钱放在这里了。我走了！’

“宗山一听我这话，原本一动不动的盲目滴溜溜转动起来。

“‘你再打一遍刚才的拍子吧……你如此年轻就口出狂言，竟然说声音能从古市传到尾上町。我虽然还没有听过你唱，当然也从未见过你的长相……但是我敢肯定，你是本派大师恩地源三郎阁下的养子……喜多八，对吧？’

“他准确地说出了我的名字。

“‘糟了，我醉了。’

“卖唱的手中的酒杯啪嗒一声摔落在地。

“‘我真多嘴，怎么把名字都说出来了。对不起我舅舅。您二位千万不要告诉别人。’

“他落落大方地说道，看看按摩师和老板娘。

“我掸掸外褂，说道：

“‘你好像猜对了，又好像没猜对。反正我就是东京那帮家伙其中的一人。宗家的宗，本山的山，合起来就是宗山啊。你拿着烤裙带菜做礼物，沿着东海道爬上来吧。如果到了恩地家的厨房，我就背着舅舅，让寄宿的调皮小子趁着抽陀螺的间隙教你唱段《高砂》。’

“我说完这话立刻站了起来。”

二十二

“宗山瞪大了他黑麻子脸上的那双白眼珠子，愤怒地说：

“‘我仰慕您啊，少爷，我是个可怜的盲人，看不见您的脸。请让我摸摸您吧，就让我拉着您摸一下，就摸一下。’

“那可不成，被这家伙摸了，我可受不了！

“我想要溜走，可是这狭小的客厅就六个榻榻米大，虽说他是盲人，可这里毕竟是他家。

“他飞快地拦在了楼梯口，使劲展开他的大手……大和尚的黑影子覆盖了整个天花板，他淌着油汗珠子向我扑来。

“啊，他那充满嫉妒执拗而又凶狠的模样，我至今难以忘怀。

“‘不行！不行！不行！’我也忘乎所以，一心向外冲。我们一个躲，一个拦，擦身而过。加建的二楼房间不够坚固，整个都在吱嘎作响。大风呼啸，仿佛要把房子卷进乌云之中，十分恐怖。

“我猛地弯下腰从他身边钻过，咚咚咚地冲下楼。宗山在二楼叫道：

“‘阿袖！拦住他！’

“他沙哑的嗓音顺风传到我耳中，只见一个美丽的身影从三四个慌张的女人当中敏捷地跳出来，在格子门敞开的门口牢牢地抓住了我，红色和服下摆在狂风中缠绕在一起。抱住我的，就是那个梳着结绵发髻的姑娘。

“就是给那黑影子揉背、为我端来淡茶的小妾吧。

“我俯视着她那双清澈灵动、仿佛会说话的眼睛，心想，你还能拦住我?

“‘你是个可爱的姑娘。记住，就算被杀死，也不要当别人的玩物！’我临走前顺便留下这句话，一把推开了她。

“我听见身后‘哎呀！’一声，但是我没有理会，顶着强劲的狂风，冲进沙尘之中，径直跑回去了。

“后来我才知道，那个叫作阿袖的可爱姑娘，并不是宗山的小妾，而是他的女儿。我若知道那是她女儿，唉，如果我发现这一点，哪怕在那个时候，哪怕按摩师是我的杀父仇人，我也不会对他赶尽杀绝。”

卖唱的忽然无力地垂下头。按摩师的手滑过他的肩膀，摸了个空……卖唱的在袖子底下无意识地摸索着掉落的酒杯，说道：

“我叮嘱旅馆的人，若是有按摩师找来，一定要说我不在。舅舅睡得正香，我钻进他旁边的被窝里，蒙上脑袋酣然入梦。

“啊，那是我最后一晚睡安稳觉。

“这是因为，就在当天夜里，宗山由于受到我的侮辱，羞愤不已而自尽身亡。正因为这家伙极其傲慢，所以才轻而易举就垮掉了吧。据传，他摸索着用力写下遗书，说要诅咒我们流派七代，死在鼓之岳的山麓。他吊死在山脚空地一棵不知名的树下。天亮后风势减弱，可他的尸体还在晃动。

“我还蒙在鼓里。风和日丽，舅舅格外高兴……我们从古市出发去了二见。早晨到达朝日馆下榻……我们打算先去鸟羽悠闲地游览一番，于是立刻雇车下山看日出，又经过二见浦，把日和山当作眺望台，在山顶俯瞰犹如蓝色榻榻米的大海，度过半日。等我们回到朝日馆……你们猜发生了什么？

“旅馆外面人山人海，室内的走廊也拥挤不堪。我不是夸张。他们是从伊势来找我们的。按摩师的意外变故和遗书，一天之内就让当地所有人都知道我们来了。人们穿着正式的外褂、裙裤、西式大礼服蜂拥而至。他们说自己不是来兴师问罪的，而是想请让宗山一败涂地的大艺术家在山田表演一天。

“唉，舅舅能不生气吗？他说：‘你是全日本最为轻率鲁莽之人，我恩地源三郎现在宣布，今后你绝对不许唱一句谣曲，我现在就与你断绝关系。’他还向人们保证说：‘宗山这位盲人，自知技不如人，羞愧而死。他拥有艺术家的灵魂，我要在葬礼上护送他的灵柩，在墓前献上谣曲。’当场就把我逐出了师门。

“后来的事我就不清楚了。从那时起，我就四处流浪，成了一个漂泊无依的卖唱人。”

二十三

“在名古屋大须观音街背后的二手店里，我设法买了一把同样被抛弃在尘世的三弦琴。我的卖唱生涯就从那时候开始了。我只能挣来两三文钱，常常连便宜客栈都住不起。细数起来我有一半的日子都风餐露宿。我去了京都、大阪，一直向西走到博多。

“不知为何，我总是挂念着伊势，又十分着急地折返了。

“我见到了那位可爱的姑娘，这让我毕生难忘。我对她说的唯一一句话——不要成为别人的玩物——她拼了命都一直遵守。

“我知道我们不会有什么结果，所以很快就躲了起来。我在四日市生了病，老板娘。”

他说道。

“是另一个和你同样热情的人照顾我，我才又能站起来。在京都一带，我就算不小心听到别人唱谣曲，也不会有什么反应。如同听见老百姓吹着竹哨子叫喊‘洗澡水烧好了’一样。可是，向东来到箱根的山里，就已经能听见江户的鼓声了，叫我怎生按耐得住？我特别害怕自己一不小心就张口唱起谣曲，因而从来不敢渡过今切[1]。因此，我打算从大泉原去员辩、阿下歧，走大垣街道。到达歧阜后翻越飞驒，绕到北国一带，于是我在富田一带干了三天活儿，昨天来到了桑名。

“今天又发生了什么呢？我看见了两个万万没想到的人，实在无法压抑激动的心情，才闯进了这家店里。可是，按摩师的笛声刺痛着我的心，比平时还要强烈。我又看见了影子。既有那美丽的身影，也有那可怖的身影。大概按摩师打算在这里把我杀死吧。我才不怕呢！任你处置！我还要拉来你的同伙呢！我做好了这样的思想准备，才找来按摩师给我按摩后背。可是我真的就像被抽了筋，扒了皮，浑身上下都撕扯开了一样。”

卖唱的又垂下头去。按摩师战栗不已的双手越过他的肩膀，如狮子一般双眉紧锁的面孔贴在他背

---

① 地名，静冈县浜名湖和远州滩之间的渡口，东海道的险处。

后……卖唱的单薄的胸口从褪色的夹衣中露出，血脉贲张。若说卖唱的犹如博多之柳，那按摩师就像一只紧紧缠绕着他的土蜘蛛。

“谁啊？”

老板娘忽然惊叫道。她身后神龛上的灯光也照不亮的裙板拉门上，有人舔湿了纸捅了一个孔。老板娘发现后喊了一声，只听见咔嗒咔嗒一阵脚步声，原来跑掉的是老板。

唉，让人头疼的老板，并非独自一个人，还领着两个手拿木棍的年轻人。

“老人家，”恩地源三郎见雪叟拉紧鼓绳，威严地回头道，“劳你破格陪我这一曲，甚是惶恐啊。”

他拿起膝上的扇子颔首示意。

“我技艺尚不精湛啊。”

雪叟回礼，想要起身离开垫子坐到一旁。

“不必拘礼。”

“不，坐在垫子上是对贵派不敬。”

“哦，我在这姑娘的舞姿里看到了外甥的影子，所以客套了一番。那我也一样。”

他说完把垫子之类推到左右两边。

“儿媳，儿媳。”

源三郎连唤两声道：

“你是叫三重吧？我就把你当作儿媳了。我是喜多八的舅舅源三郎。请你继续跳下去。”

两位大家正襟危坐。

三重神态高雅，眼神坚定却又有些恍惚地凝视着两位老人，摇摇晃晃地退下。淡紫色的和服衬得她一头秀发格外乌黑，肩膀、手臂姿态婀娜，她抽出藏在衣袖里的扇子当作利剑，嗓音在清冷的霜降之夜分外洪亮。

“……将吾拉。立约罢，抽出利剑一把……”

鼓影在雪叟的肩上编织着五彩锦缎。“云井”的鼓身光彩熠熠，守护名誉的心灵之花，让红彤彤的鼓绳仿佛忽然燃烧起来，随之响起高亢的一声“咿哟”。

“啊！”恩地喜多八从乌冬面馆的凳子上猛然站起来，一条腿踩在三合土的地面上。这位能乐界如鹤立鸡群一般的存在，因为消失踪迹而惹人扼腕叹息。此时，只听他高喊：“雪叟在击鼓！雪叟在击鼓！”他身体剧烈地摇晃起来，连忙操起一张手巾掩在嘴边，咳出一口鲜血来。他把手巾甩在一边，用右手牢牢抓住按摩师的手道：

“你要作祟就作祟。你来啊，按摩师！你到凑屋的大门口来。我少宗家给你唱一曲！”

说罢他不由分地说地拉起按摩师夺门而出。

“……行至龙宫四处望，点香插花，宝珠供于三十丈高玉塔上。八大龙王齐守护，凶猛鳄鱼口大张，料想我命已难逃。怀念故乡恩与情，思念浪中人……”

源三郎唱到这一段时，三重仿佛再也忍受不了高涨情绪的张力，她的岛田发髻忽然散开，乌黑的青丝散落肩头，犹如进入谣曲中的场景，在水面纠缠，在灯火之下摇曳。榻榻米化作碧蓝大海洗涤她的裙裾，除净尘埃。美妙的舞姿！

“……不见吾爱子，为父之大臣亦无踪……”

源三郎的伴唱到这里忽然幽怨低沉，就在他的声音即将消失的时候，一个清亮的嗓音在凑屋门口合着他的调子响起。这声音如气贯长虹，冲击着三重的舞姿……

“……就此永别心伤痛，泪眼汪汪立起身……”

“啊，关键时刻不要倒下！”

源三郎迅速离开座位，扶住脚步踉跄的三重。姑娘的衣袖在老者臂弯中犹如波浪起伏。在这坚若磐石的支撑下，三重的秀发宛如漂浮于水面的碧绿海藻。她轻盈举起的舞扇，银色扇面上的云彩与恋人的身影交相辉映，大放异彩，连烛火都闪烁如白昼。

舞姿动人，歌声绕梁。跟随雪叟拿手的曲调，桑名的大海也波涛滚滚犹如敲响咚咚大鼓。揖斐河的浪涛也在近处哒哒地敲击着河岸，宛如太鼓的声音。气势恢宏，仿佛多度山白雪皑皑的山顶、沐浴在月光中的御在所之岳、镰之岳、冠之岳也都是座上宾。

夜已深。小镇浸入寒冰之中。不知何处的空旷夜空传来按摩师的笛声。此时，恩地喜多八孤单一人立于凑屋檐下，脸色苍白，身影浓黑。当他唱起谣曲之时，高悬在屋顶之上的明月，照耀着屋檐，在他脸上投下扇影。这扇影正和宴席上的舞扇内外相和，毫厘不差。

“……复决心意双手合十在胸前，祈祷观音菩萨借吾力，大慈大悲利剑抵额上，纵身一跃入龙宫，左右即刻皆逃散……”

恩地喜多八唱毕，说道：“把你的后背借我一用，宗山！”在他衣服下摆旁，从刚才起就一直盘踞着一个巨大而形状不明的影子。他把这个影子拽过来，疲惫不堪地倚靠了上去。

光影朦胧的灯笼之下，深夜的小路白晃晃的，各处人群聚集，里面还有拄着拐杖的按摩师。

译后记

泉镜花（1873—1939 年）是一位创作生涯跨越明治、大正、昭和三个时期的日本文学家。他一生笔耕不辍，写下了多达三百余部的小说和戏剧作品。对于中国读者来说，或许泉镜花远不及川端康成、芥川龙之介等耳熟能详，殊不知他在日本文坛有着举足轻重的地位，对后人有着不可忽视的影响。芥川龙之介文体的绚烂，川端康成余韵长留的笔致，都让人看到泉镜花的影子，谷崎润一郎等唯美派作家也常到访其门下。

芥川龙之介曾盛赞道："泉镜花先生是独步古今的文学宗师。……开辟了明治、大正文艺的浪漫主义大道，创造了浓艳盖过巫山雨意，壮烈胜于潇潇易水的镜花世界。"①

三岛由纪夫曾说："镜花是一位天才。他超越时代，神化自我，他创造出新的文体，犹如用日语

① 见《芥川龙之介全集》(筑摩书房 1971 年)。

在进行最危险的游戏，在贫血的日本近代文学沙漠正中央，建造了一座花朵永不凋零的牡丹园。”[①]

泉镜花出生于1873年，彼时的日本，在1868年的明治维新后掀开了历史的新篇章，新时代的文学也开始酝酿。以福泽谕吉等人为代表的“明六社”率先开展了思想启蒙活动。沿袭近世文学传统的“戏作文学”作家们也开始戏谑地描写明治初期东京文明开化的社会面貌，在江户文学向明治文学发展的进程中起到了过渡作用。对于西方小说的翻译及编译作品展现了异国的文化风情，吸引了大量日本读者。1885年，随着坪内逍遥的文学论《小说神髓》的问世，真正意义上的日本近代文学出现了。这部论著使得近代小说的概念在日本逐渐形成并固定下来，二叶亭四迷的《浮云》（发表于1887—1889年间）便是对这一概念的实践，可称为日本近代文学开山之作。森鸥外的《舞姬》（1890年）则紧随其后震动了整个文学界。而1885年日本文坛的另一个重要事件，便是作家群

① 见《日本文学 第四卷 尾崎红叶·泉镜花》解说。

体“砚友社”的成立。其核心人物尾崎红叶在小说中着重表达人物情感，兼具现实批判，深受读者青睐。同时期另一位作家幸田露伴则擅长塑造具有工匠精神、富于理性主义色彩的男性形象。两位作家在当时的文坛可谓泰山北斗，以至于这一时期被称为“红露时代”。而泉镜花正是尾崎红叶的得意弟子。“镜花”这一笔名，也是红叶从他提交的文稿《镜花水月》的标题中选出。或许红叶当时也未曾料到，这位仅仅比他年少六岁的弟子，将创造出浪漫、神秘而唯美的文学世界，一如他的笔名。

泉镜花的家乡日本石川县金泽市，是一个被称为北陆京都、历史悠久、手工艺发达的迷人古城。他的父亲是一位出色的金雕师，母亲则是葛野流大鼓世家之女、宝生流名家松本金太郎的妹妹。耳濡目染，自然让泉镜花从小就受到了金泽高水平手工艺和能乐等传统艺术的熏陶。然而，他年仅十岁时就失去了母亲。对母亲的眷恋与追忆成为了他文学作品重要的底色，讴歌女性之美正是他作品的基调之一。

尾崎红叶与泉镜花的师生缘也是文坛的一段佳

话。镜花年少学业受挫时，偶然读到尾崎红叶的成名作《两位女尼的情感忏悔》，大受震撼，立志成为一名作家。为了拜红叶为师，他背井离乡来到东京，经历了近一年的颠沛流离，终于在1891年十九岁之时成为红叶的门丁。泉镜花的文学天赋很快打动了仅比他年长几岁的红叶。在接下来的三年时光里，他得到了红叶的悉心栽培。在他经历丧父之痛，早期创作遇到挫折时，也是红叶在鼓励他。泉镜花对文学的热情是红叶点燃的，而他逐渐形成了属于自己的浪漫文风。

1895年，泉镜花相继发表小说《夜间巡警》和《外科室》，大受好评，成为文坛上升起的一颗新星。他的作品敏锐地捕捉到了甲午战争后日本社会的急剧变化、年轻一代自我意识的觉醒，具有社会批判性。基于作者思想的这一类型作品被称为“观念小说”。从1897年前后开始，他的作品逐渐强化了抒情性。到1899年的《黑百合》及1900年的《高野僧》，更是创造了一个鬼魅魍魉的神秘世界。而《汤岛之恋》等作品对花街柳巷风情的描写，又让他的作品多了几分精致与幽怨艳美。泉镜花的作品既有通俗的叙事方式和丰富华丽的词藻，又不乏神鬼、怪谈的元素，神秘而浪漫，即便在自然主义盛行的年代遭到文坛主流所排斥，这一特点也从未改变，包含能乐、江户文学元素《歌行灯》便是一部集大成之作。

《歌行灯》于1910年发表在《新小说》上，泉镜花时年三十八岁。作品一经发表便被誉为“妙笔生花，无人能敌”[①]，是泉镜花“近日佳作，值得再读。一如观赏出神入化的木偶剧”[②]。

故事发生在日本三重县伊势湾北部的桑名。在一个清冷的寒冬夜晚，两位老人来到这里，要留宿于揖斐河口的旅馆凑屋。就在二人坐着人力车，穿过灯笼摇曳的狭窄小巷前往凑屋时，一个落魄但歌喉非同一般的卖唱人在乌冬面馆门前偶然瞥见了他们的身影。两位老人落座凑屋后，待人和善，幽默风趣，却总有一丝寂寥挥之不去。在这里，他们偶遇艺伎三重。这位既不会弹琴也不会唱曲儿的姑娘，却会一段出自能乐的舞蹈。她手中的银扇和精

① 见1910年1月12日《国民新闻》。
② 见1910年1月15日《时事新报 文艺周报》。

妙的舞姿让老人隐隐猜到了这支舞蹈的由来，不由得急切地问起了她的身世。此时，卖唱人也在乌冬面馆向店主和一位按摩师坦白了自己铸成的大错。原来，他名叫恩地喜多八，出生于能乐世家，曾是一颗令人瞩目的新星，却因年轻气盛，在旅途中与志摩一位擅长能乐的盲人按摩师宗山一决高下，导致宗山羞愤之余自尽身亡，他自己也被亲舅舅源三郎逐出师门，四处流浪。两条交错并行的叙事线索在小说结尾重叠，人物关系终于一目了然。故事在三重动人的舞蹈、喜多八绕梁的歌声及两位老人的伴舞及鼓声中达到高潮——“桑名的大海也波涛滚滚犹如敲响咚咚大鼓。揖斐河的浪涛也在近处嗒嗒地敲击着河岸，宛如太鼓的声音。气势恢宏，仿佛多度山白雪皑皑的山顶、沐浴在月光中的御在所之岳、镰之岳、冠之岳也都是座上宾。”一曲终了，为这惊为天人的技艺聚集而来的观众尚未散去，而喜多八已经筋疲力尽，倚靠在跟随他的宗山之魂魄身上。

小说中提到的能乐，是日本传统的舞台艺术，其雏形可以追溯到奈良时代，是从中国传到日本的。经过多年的发展，到六百多年前的室町时代，观阿弥的努力为能乐成型奠定了基础，而其子世阿弥则提高了能乐的艺术性，使得能乐获得很大发展。简言之，能乐就是一种有着特殊舞台，搭配面具和华丽服饰的歌舞剧。能乐长期以来受到幕府的支持，明治维新后，随着幕府的消失，丧失了保护者的能乐一度衰落。后来政府、皇室及新兴财阀受西方影响，意识到保护传统艺术的重要性，能乐才又获得了重生。这一历史背景在喜多八的回忆中也曾出现。

能乐的表演形式由歌唱、舞蹈和伴奏三个部分组成。演员分为主角、配角，有时会出现少年扮演的角色，伴奏有笛子、大鼓、小鼓。能乐的词章、剧本被称为“谣曲”，通常会遵循“序、破、急”的范式。“序”是交代背景的娓娓道来，“破”则是解释和情节的逐渐展开，而“急”则是结束部分。艺伎三重表演的舞蹈来自于一出古老的能乐剧目《渔女》(原文《海人》)。在这一剧目中，淡海公之子房前大臣得知自己为渔女所生，并未嫌弃母亲地位卑贱，为悼念亡母来到志度浦。在此偶遇一位渔女，随从为了让大臣欣赏水中之月，请渔女下海打捞海藻，并请她讲讲当地典故。于是渔女娓娓道来——淡海公之妹远嫁唐朝为后，获得三件宝物，岂料其中的宝珠在此地被恶龙抢走。淡海公为了夺回宝珠，隐姓埋名在此生活，娶当地渔女为妻，并育有一子。淡海公承诺，如若渔女夺回宝珠，将让其子继承家业，因而渔女毅然潜入海中，舍命取回了宝珠。随从听到这里，请渔女再现潜水取珠的场景，表演一下如何取珠。渔女依言表演一番，结束时告诉淡海公，自己便是其母，并留下书信消失无踪。淡海公读罢书信，明白这是母亲来自冥界的求助，于是在志度寺操办法事，超度母亲亡灵。这一剧目最为精彩的看点便是出现在《歌行灯》中的那段渔女再现龙宫取珠的场景。母子之间的生离死别，激烈的戏剧冲突以及功德圆满的平静收尾也与《歌行灯》的故事情节巧妙呼应。

《歌行灯》中除了日本传统艺术的元素，江户文学的影响也显而易见。

小说开篇恩地源三郎哼唱的段落出自于江户时期的著名小说《东海道徒步旅行记》。这部小说由创作过日本传统戏剧净琉璃的小说家十返舍一九发表于 1802 年。小说中，虚岁五十的弥次郎和虚岁三十的喜多八作伴，沿着东海道前往伊势参拜大神宫。两人一路上遭遇的尴尬事儿和滑稽的言行举止让读者忍俊不止，再加上书中对江户时期五大街道之一的东海道沿途的风土人情也有细致的描写，使得该书刚问世便大受好评。而《歌行灯》的主要故事场景也在伊势半岛，主人公同样来自关东地区。二老之一的恩地源三郎在凑屋中假扮弥次郎和女佣玩笑时，曾感叹要是有喜多八作伴就好了，倘若继续读下去便能发现，此时他口中的喜多八，正是被他逐出师门不知下落的爱徒。

《歌行灯》篇幅虽短，但巧妙的叙事，对表演的华丽演绎给人留下了深刻的印象。对人物语言、神态的描写，也是在寥寥几笔间把人物的内心世界彰显无余。骄傲与愧疚，自大与不甘，坚贞和隐忍，复仇与感恩，最终都化解于忘我的艺术世界。